LA BOULANGÈRE
DU DIABLE

DU MÊME AUTEUR

L'Effet BFM, essai, UPPR, 2016.

La Guerre des deux droites, essai, L'Archipel, 2013.

La Passagère de la Struma, roman, Presses de la Cité, 2012.

La Petite Fille qui venait d'Alger, roman, Presses de la Cité, 2011.

Terminus Pondichéry, roman, Presses de la Cité, 2006.

L'Orque de Magellan, roman, Presses de la Cité, 2004.

Nous jouerons quand même ensemble..., roman, Presses de la Cité, 2000.

FN, made in France, Autres Temps, 1997.

HUBERT HUERTAS

LA BOULANGÈRE DU DIABLE

roman

l'Archipel

Notre catalogue est consultable à l'adresse suivante :
www.editionsarchipel.com

Éditions de l'Archipel
34, rue des Bourdonnais
75001 Paris

ISBN 978-2-8098-2659-3

À ma petite-fille Rosalie

Abderrahmane, Martin, David,
Et si le ciel était vide ?

Alain Souchon

NOTE

Ce roman est librement inspiré d'une histoire réelle, survenue dans un village du haut bocage vendéen en 1906, juste après le vote de la loi sur la laïcité. Au-delà de la situation initiale, les personnages ont été créés par l'auteur. Toute ressemblance avec des personnes ayant vécu ou vivant encore dans cette région serait le fruit du hasard.

1

L'Histoire dure plus longtemps que les hommes. Ils croient avoir vingt ou trente ans et ils en ont cent vingt, ou deux cents, ou trois cents, quand ce n'est pas davantage. Moi par exemple, Nadia Kasmi, née en Algérie et devenue adulte avant de fuir ces salopards de religieux, qu'est-ce que j'aurais à voir avec ce trou perdu qui porte un nom prédestiné : Fleurdécieux ! Un village du bocage vendéen. Du haut bocage à ce qu'ils m'expliquent, plein de chouans et de colonnes infernales de la Révolution française… Eh bien ! si, figurez-vous. Mes racines à moitié arabes ont poussé dans cette terre-là, et pire encore. Ces histoires de famille sont mes histoires à moi. Ces folies religieuses ont circulé dans mes veines jusqu'à ce que d'autres religieux ouvrent la gorge de ma mère à deux mille kilomètres de là. D'une boulangerie à l'autre, la même malédiction. L'infidèle, la *kouffar* comme ils disent, punie de mort par des bouchers islamistes, aurait transmis sa damnation à la femme que je suis, à cause d'une faute originelle inventée par d'autres fanatiques, ensoutanés cette fois, quand je n'étais même pas née. Des illuminés de Jésus, de Joseph, de Marie et de leurs intérêts terrestres…

En atterrissant à Nantes, *via* Marseille depuis l'aéroport Houari-Boumédiène, je me demandais si ma vie avait basculé en France, en 1906, juste après le vote de la loi sur la laïcité, ou en Afrique du Nord quand mon arrière-grand-mère Joséphine s'y était réfugiée et que ma grand-mère Henriette y était née. À moins qu'elle n'ait commencé à la mort de ma pauvre mère, Yasmine, assassinée dans sa boulangerie. Où qu'elle se soit nouée dans cet autre aéroport, face à mon arrière-arrière-cousin Jacques, que je ne connaissais même pas.

Autant dire que je ne savais plus où j'habitais, dans tous les sens du terme, ni dans ma tête, ni dans mon corps, ni dans l'espace, lorsqu'il s'est avancé vers moi, avec sa belle tête de sexagénaire, les traits vigoureux, les yeux clairs, un port de tête à ne jamais plier la nuque, le teint pâle de ceux qui travaillent la nuit, les cheveux gris tirés en arrière et les sourcils relevés en point d'interrogation, et qu'il m'a demandé, timidement :

— C'est bien vous ?

C'était moi dans la file qui descendait de l'avion et c'était lui dans la petite foule qui attendait à la porte. Moi vingt-huit ans, lui soixante-cinq, moi fraîchement déracinée et lui planté dans son village. Nous étions à quinze mois de l'an 2000, des Algériens massacraient d'autres Algériens avec encore plus d'ardeur que les Français pendant la guerre d'indépendance. Ils torturaient au nom du bien. Ils égorgeaient pour nous apprendre à vivre. Ils prétendaient agir au nom d'un Dieu qui me terrorisait avec ses promesses de paradis pour les commandos suicides, où les vierges étaient violées dans des tournantes, par groupes de soixante-dix.

J'étais violente à cette époque, pleine de fureur. Islamophobe, diraient aujourd'hui ceux qui ne supportent pas que l'on touche à un poil de la barbe du Prophète, fût-il poisseux. Il faut me comprendre. Depuis toujours je suis sensible à la ferveur de mes sœurs et de mes frères quand ils prient dans leur mosquée, même si je suis une « musulmane athée », mais j'avais vu la terreur envahir les rues d'Alger, les assombrir, fermer les visages à triple tour, imposer le silence dans les cafés hier encore si joyeux, pleins de jeunes de mon âge. J'avais appris que la terreur s'abattait sur les villages, vidait les plages, et j'avais retrouvé, deux semaines plus tôt, en rentrant du supermarché, ma mère affalée dans son sang, derrière son comptoir, les yeux ouverts, et son regard me poursuivait. J'avais peur. Tellement peur…

C'est cette panique qui m'a forcée à partir. À disparaître en laissant derrière moi la boulangerie, mon appartement et Hakim, le garçon avec qui je ne vivais pas, parce que je ne voulais pas, j'avais trop peur du mariage, mais qui venait me voir chaque soir avec ses yeux doux et gourmands et me laissait au matin encore troublée par ses caresses, quand je vendais mes baguettes et rendais la monnaie. Je ne peux pas dire que je m'enfuyais. Je dirais plutôt que je me sauvais, dans tous les sens du terme. Je me sauvais la peau, sans penser à rien d'autre, comme un gibier pris dans les phares.

Mon cousin me regardait sans me regarder, profil intimidé, tout occupé à faire semblant de repérer mes valises, alors qu'il me guettait. Il avait l'air gentil mais apeuré, comme les gens qui rendent visite à un ami frappé par le deuil et qui ne savent pas comment s'y prendre, compatir ou embrasser, serrer la main ou taper sur l'épaule. Et moi je souriais bêtement, un peu pour lui cacher mon embarras, beaucoup pour lui prouver que je ne mordais pas.

Deux étrangers au bout du monde, si différents,
Deux inconnus, deux anonymes, mais pourtant…

La chanson de Renaud m'est revenue sur les lèvres pendant que sur les écrans de l'aéroport un rappeur se déhanchait en faisant un doigt d'honneur. Nous ne nous connaissions pas, mais nous étions au bout d'une même lignée, qui commençait par un suicide au début du XXe siècle et se poursuivait par un meurtre à la veille du troisième millénaire. Les liens du sang, à ce que l'on raconte.

2

Dans la voiture, mon cousin s'est un peu détendu. Ce timide regardait la route avec application, ce qui lui permettait d'éviter mon regard. C'était chacun pour soi, comme au téléphone, quand je l'avais appelé au secours deux semaines plus tôt. Pour se parler c'est plus facile, les monologues parallèles.

Sa carte de visite traînait dans les papiers de ma mère. Je n'oublierai jamais l'horrible soir où j'ai appelé son numéro. C'était peu de temps après l'assassinat, juste après l'enterrement. Deux ou trois jours avant, quand j'ai découvert le corps, que les pompiers l'ont emporté et que je me suis retrouvée seule, à hurler et vomir dans les toilettes du magasin, je n'ai pas versé une larme. J'avais d'abord guetté les bruits, sûre que les fous allaient revenir pour achever le travail et en finir avec moi. Je voulais m'évaporer, mais plus j'y pensais et plus je pesais des tonnes, recroquevillée dans un coin de l'arrière-boutique, épouvantée et dégoûtée à l'idée de marcher sur la flaque de sang qui s'étalait entre le comptoir et la porte. Je suis restée longtemps comme ça, les mains sur les oreilles, au pied de la cuvette, jusqu'à ce que la sono de la mosquée, à plein tube comme d'habitude, ne me mette en fureur. Le souvenir obsédant de cet instant me réveille encore la nuit, et même si c'est injuste, même si c'est primaire, même si ma mère et ma grand-mère m'ont répété depuis l'enfance que la haine est la pire des tortures pour celui qui la ressent, cette mélopée familière qui invite à l'humilité devant la grandeur de Dieu résonne encore dans ma tête comme l'appel des égorgeurs, ni plus ni moins. J'ai tort mais pardonnez-moi.

Épouvantée, convaincue que mon tour viendrait bientôt, j'ai pris ma décision. Quitter cette ville et me venger dès que je le pourrais. Rester vivante pour les combattre et dénoncer leurs crimes. J'ai couru jusqu'au téléphone en oubliant le sang gluant qui noircissait, les pieds plantés en plein milieu. Si ça se trouve la trace de mes souliers y est encore incrustée. Et j'ai appelé Hakim au secours, qui n'a d'abord pas décroché, puis m'a rappelée dix secondes après, tout joyeux, comme toujours :

— Allô la belle, ici les services d'urgence. Madame se sent seule chez elle, mais ne veut pas de mari ? J'arrive tout de suite pour assurer l'intérim. Prépare quelque chose à manger. J'amène à boire.

— Arrête, Hakim, arrête…

Je me suis mise à pleurer, pleurer, pleurer. À pleurer les yeux secs. Pleurer pour que l'on m'entende. Des sanglots de petite fille qui réclame sa maman.

Les jours suivants, Hakim m'a prouvé que je n'étais pas seulement de la brioche pour lui, ni ce bon pain frais que l'on dégustait la nuit avec des œufs sur le plat, après d'autres délices. Il m'a accompagné jusqu'au bord de la tombe, rasé jusqu'au sang pour braver les barbus, et n'a pas cherché à me retenir. Il était beau avec son air de bandit sicilien. C'est même lui qui m'a demandé si je ne connaissais pas quelqu'un en France pour me mettre à l'abri « en attendant », et j'ai pensé à ce cousin, comme ça, en désespoir de cause. Je crois qu'en ces jours abominables on s'est comme épousés. Ce fut notre nuit de noces à nous, celle des douleurs que l'on souffre ensemble, à chercher un cercueil, à lui trouver une place dans le bazar du cimetière d'El-Kettar, en haut de Bab el-Oued, à me demander comment vêtir le corps pour le livrer à la terre, à retrouver le visa de mon dernier voyage à Marseille pour vérifier s'il était encore valide, et il l'était. Quand il m'a embrassée devant la porte d'embarquement, il m'a dit qu'il m'aimait, qu'on s'en sortirait et qu'on se reverrait, bientôt. J'ai répondu sans un mot, juste un geste de la main, à bientôt, à bientôt monsieur le bourreau…

À l'époque de ces événements, je croyais que ma mère Yasmine et mon cousin Jacques s'étaient revus par hasard deux ou trois ans auparavant, à l'occasion d'un congrès de boulangers, ou quelque chose comme ça, et qu'ils s'étaient tombés dans les bras. Incroyable : ils descendaient du même aïeul, un certain Henri Brissaud, et vendaient encore du pain, comme lui, cent ans plus tard, l'un en Vendée, dans la « boulangerie du Diable » comme il disait en riant, et l'autre à El-Biar, sur les hauteurs d'Alger, dans celle des « femmes infidèles », comme le dénonçaient les barbus, avec leur air d'avoir envie de vomir.

Ma mère et mon cousin n'avaient pas la même idée de l'ancêtre initial. Pour lui cet oncle Henri, frère de son grand-père, était un juste injustement persécuté, comme celui du psaume des catholiques, mais à l'envers, car accablé par ceux qui se réclamaient de Jésus. Pour elle, ce grand-père fantôme était un type étrange, courageux au cours de sa vie, mais qui avait craqué face à la mort et trahi sa famille.

Le cousin était gêné par ce récit. Il défendait avec force la mémoire du boulanger de 1905, tout en ayant l'air de cacher des secrets de famille. Piqué au vif, il soulignait que le village avait même rebaptisé l'une de ses rues en son honneur, en l'appelant « rue du Grand-Frère », mais il se dandinait en rappelant ce haut fait. Le « Grand-Frère », il fallait quand même le faire à la bascule du XIXe et du XXe siècle, alors que Fleurdécieux, comme tous les bourgs du haut bocage, vivait en autarcie autour de son seigneur le comte. C'était une manière osée d'honorer un bouffeur de curé, ou d'accepter ses accointances avec la franc-maçonnerie, quand on connaît les événements qui l'ont conduit au désespoir, juste après le vote de la loi de 1905.

Devant la contrariété de son cousin, ma mère avait nuancé ses réserves et admis que l'histoire qu'elle connaissait n'était pas vraiment nette : elle la tenait de sa vieille mère Henriette, aujourd'hui décédée, qui l'avait racontée sur son lit de mort, alors qu'elle commençait à délirer. Et puis bon… Ces vieilleries n'avaient plus d'intérêt. Je sais aujourd'hui à quel point cette affirmation était rassurante, quoique éloignée de la vérité. Ces « choses » avaient leur importance et ma mère le pressentait ou le savait, elles dépassaient seulement nos imaginations. Et puis, rendons grâce à ma grand-mère : elle était lucide en dépit de son grand âge, dire le contraire serait mentir. Née en 1906, quelques mois après le suicide de son père, elle avait conservé une excellente mémoire jusqu'à ses derniers instants.

Simplement, pendant cent ans, une autre vérité, une vérité trafiquée avait faussé la version vendéenne de la destinée de cet homme et troublé le souvenir que l'on en gardait à Alger. Sans le savoir, j'allais réveiller les morts. D'autres soleils et d'autres nuits dormaient d'un œil, tendus comme des ressorts oubliés, qui se détendraient soudain. Je le disais en commençant : l'Histoire dure plus longtemps que les hommes.

Sur le chemin de Fleurdécieux, la route, d'abord désespérément plate, s'est mise à monter puis redescendre, avec ses fossés, ses prairies, ses rideaux d'arbres, et mon lointain cousin a retrouvé des couleurs... L'Histoire et la politique, il avait ça dans le sang. Comme moi d'ailleurs, comme ma mère et ma grand-mère.

— Vous voyez... Tu vois... On approche du bocage.

Il était fier, comme s'il me présentait son domaine. Nous longions des coteaux, des vallées, de plus en plus marqués, avec partout des calvaires ou des petits monuments dédiés à la vierge, toujours fleuris.

— Il n'y a pas très longtemps, les gens vivaient encore sur eux-mêmes, complètement isolés... C'est de Gaulle qui a désenclavé le pays, et de Villiers aussi. Il s'ouvre un peu, maintenant, mais la Vendée qui ne s'est pas couchée malgré les atrocités commises par les révolutionnaires de 1793 est toujours dans les têtes, on se la raconte encore, surtout l'hiver, au coin du feu. C'est pour ça qu'ils ont ce caractère les Vendéens, tu vas voir. Mais ils sont chaleureux. Ils sont comme une famille. Dès fois on a envie de les fuir, on se dit qu'il y en a marre des mêmes gens qui vous observent, mais ça tient chaud. Regarde... Moi, je suis né au village, dans la boulangerie de ton arrière-grand-père. Et, malgré les événements qui l'ont emporté, je suis encore le boulanger. Je tiens bon. Et toi aussi tu as tenu bon là-bas, de l'autre côté de la Méditerranée... Tu n'es pas née ici mais c'est tout comme.

Il s'est mis à sourire, en secouant la tête

— Quelle histoire... Bienvenue chez toi, Nadia... Regarde là-haut, c'est le moulin des Alouettes, le plus connu. Y'avait des moulins partout, autrefois, dans le bocage. Un moulin sur chaque colline. Grâce à eux, les gens s'avertissaient pendant la Révolution, quand les colonnes arrivaient.

Et soudain il s'est lancé dans l'idée fixe de sa Vendée, en me prenant à témoin :

— Tu sais, ils ont quand même tué trois cent mille hommes, femmes et enfants, égorgé les curés, violé les bonnes sœurs… Personne n'a oublié. On ne peut pas oublier ça… On en parle dans les maisons, ou à la sortie de la messe. C'est très religieux ici, très royaliste. Robespierre, ça passait pas…

Je l'ignorais, mais je n'allais pas tarder à en avoir la tête farcie comme une pastèque. Les colonnes infernales, les colonnes infernales, ils n'ont que ça à la bouche et dans leurs livres, à Fleurdécieux. C'est leur Shoah catholique, leur Auschwitz, leur Sétif, leur Golgotha. Encore un peu et ils vous remplaceraient la croix du Christ par une colonne. Je compatissais, mais bon, là, dans la voiture, à peine arrivée d'une Algérie martyrisée par des colonnes plus contemporaines, les misères antédiluviennes du haut bocage vendéen me semblaient décalées. N'avait-il pas remarqué, mon gentil cousin, que j'en avais ma claque, des guerres de religion ? Oubliait-il la raison de mon appel au secours après la mort de ma mère, il y a deux semaines, et pas un siècle ? Croyait-il que j'étais en France pour répondre à une annonce d'emploi en vue de l'aider à faire tourner sa boulangerie, en mémoire des ancêtres ?

— En tout cas ça sent le fumier par ici, ai-je aimablement coupé…

Refroidi par ma remarque, il a gardé le silence pendant deux ou trois minutes, gênantes, puis m'a relancée comme il pouvait.

— Dis donc, tu n'as presque pas d'accent ! Vous parliez français à la maison ?

— Plutôt oui, mais on passe de l'arabe au français sans s'en apercevoir. Tu sais, ma grand-mère Henriette était une amie d'Albert Camus. Elle l'a connu quand il était au journal *Alger républicain*. Elle organisait des conférences pour dénoncer la misère des Algériens, elle l'avait invité, c'est comme ça qu'ils se sont rencontrés. Ils étaient proches, elle la boulangère d'El Biar, lui l'écrivain célèbre. C'était une rouge, ma grand-mère, mais pas une communiste. Elle avait trente ans au moment du Front populaire, quand il écrivait ses premiers reportages.

Il a souri, ravi et rasséréné...

— Ça doit être la famille, la fréquentation des grands hommes. Moi mon père connaissait Clemenceau... Mon grand-oncle aussi... Tu sais ? Henri, le boulanger de 1906, mort après cette sale histoire. Ton arrière-grand-père, quoi... Tu vois le rapport ? Ta mère t'en a parlé, de ton arrière-grand-père ?

Pour savoir, je le savais. Je l'ai encore coupé :

— Écoute, cousin Jacques, mon arrière-grand-père Henri je préfère le laisser là où il est. Si sa femme Joséphine est partie aux colonies « une main devant une main derrière », comme disaient les pieds-noirs, mais aussi avec dans son ventre ma grand-mère Henriette, née entre Marseille et Alger, sur un bateau, c'est parce qu'il l'avait laissée tomber. Oui ! Déshéritée pour donner ses biens à l'Église. Il a eu du remords quand il s'est suicidé. La peur d'aller en enfer, sans doute. Eh bien ! qu'il y reste et parlons d'autre chose.

Une vieille colère me gagnait pendant qu'il secouait la tête, avec son air de vouloir dire « mais non, mais non, ce n'est pas ce que tu crois », mais sa bouche entrouverte, incapable de lâcher une phrase articulée, disait son désarroi.

— C'est pas si simple…

— Excuse-moi, cousin Jacques, je suis un peu à cran. Tu m'accueilles alors qu'on ne se connaît même pas, tu viens me chercher et je te parle comme une mal élevée. Je te demande pardon, mais avec tout ça, cette ambiance à Alger, ce qu'ils ont fait à Maman, ça me fait de la peine de venir ici.

Ma grand-mère s'en souvenait tellement, de ce village. Elle avait une phrase fétiche : « Combat contre l'Église à Fleurdécieux, ça ne s'invente pas, on dirait une manchette de journal ! »

Nous étions presque arrivés. Après une longue montée à travers champs, nous avons franchi le village de Saint-Pierre-Mont-Marceau qui trône au sommet de la colline, avec son château et son comte député-maire, puis nous avons pris la descente qui va vers Fleurdécieux, trois kilomètres plus bas, après quelques virages. C'est dans ces hectomètres que mon cousin a changé de physionomie. Son port de tête bien droit, bien fier, même dans la timidité, a soudain fléchi d'un cran, comme si une charge s'était abattue sur lui. Sans me regarder, le cou penché vers le volant, il m'a soudain glissé :

— Nadia, il faut que je te dise. Ton histoire, tu n'en parles à personne au village. Tu n'es pas ma cousine, tu entends, et je ne suis pas ton cousin. Ton arrière-grand-père, c'était pas Henri Brissaud, c'était un Arabe d'Algérie, un point c'est tout, et toi tu es une réfugiée de là-bas, qui fuit les islamistes. Ça va leur plaire à tous ces culs-bénits, les Arabes qui se tuent entre eux. Surtout ne réveille pas les vieilles histoires, elles sont mal endormies.

3

Ainsi que Jacques l'avait prévu, j'ai été bien accueillie. Les ennemis de mes ennemis étant forcément mes amis, la victime des musulmans devint la protégée des plus ardents chrétiens de la petite cité. En quelques jours, je me suis muée en ce que l'on appelle une « bonne Arabe ». Les Floriciens engagés dans la majorité municipale, départementale et régionale, traditionnellement à droite, donc les plus réservés sur mon cousin qui s'était présenté plusieurs fois aux élections municipales sous l'étiquette radicale, admettaient même que leur adversaire politique avait accompli un bien beau geste en accueillant cette Algérienne et tenaient à le faire savoir.

L'accueil d'une protégée de leur ennemi électoral démontrait à la fois leur ouverture d'esprit et la justesse de leur vision géopolitique. À leurs yeux, mon arrivée prouvait la ruine d'un pays qu'ils détestaient depuis son indépendance. D'ordinaire on s'en prend au porteur de mauvaises nouvelles, dans mon cas ce fut le contraire. Le malheur dont témoignait ma présence leur causant un plaisir discret, je fus fêtée et chouchoutée pendant quelques semaines.

Un mois après mon arrivée, j'ai été invitée à la mairie pour un cocktail de bienvenue, en présence des autorités locales, d'une partie de la population, sans doute triée sur le volet, et des correspondants de *Presse-Océan* ainsi que du *Courrier vendéen*, hebdomadaire qui venait de s'installer. L'hôtel de ville est un bel immeuble de trois niveaux, une dizaine de fenêtres, une montée d'escalier monumentale donnant sur un grand portail, un toit d'ardoise percé de trois fenestrons. En arrivant par le parc, le clocher de l'église, situé directement derrière, paraît dominer l'ensemble. Je n'allais pas tarder à vérifier que cette impression n'est pas une illusion d'optique.

J'ai essayé de faire bonne figure pendant les discours, sans trop me forcer d'ailleurs : une boulangère a l'habitude de distribuer les sourires tandis qu'elle sert le pain. En même temps, je regardais ces visages plutôt roses (on ne doit pas boire que du vin de messe ici…) et je me demandais pourquoi le cousin Jacques m'avait demandé de cacher mes origines. En quoi, quatre-vingt-douze ans après sa mort, le boulanger Henri Brissaud pouvait-il défriser les calvities qui luisaient sous les lustres ? En quoi mon retour aux sources, après une parenthèse de trois générations en Algérie, pouvait-il, en termes de récit, « réveiller les vieilles histoires » ? Mes retrouvailles avec Fleurdécieux n'étaient-elles pas, au contraire, une « belle histoire », comme on les aime dans les chroniques locales de la presse régionale ? J'avais beau dire et me défendre, interrompre mon cousin dès qu'il le ressuscitait, le fantôme du boulanger patrouillait dans mes pensées.

Le maire, Alphonse Brossel, m'a paru dépassé. Plutôt employé municipal que premier magistrat. Après chaque phrase du compliment prononcée en hachant bien les mots, il levait les yeux vers le député et le notaire comme pour quêter une autorisation. J'apprendrais un peu plus tard que cet homme sans méchanceté était prêt à tous les aplatissements pour obtenir le soutien des puissants. Dernier représentant d'une dynastie de cordonniers ayant chaussé le village depuis la nuit des temps, mais éteinte aujourd'hui, il continuait à cirer les pompes avec ardeur. Il exerçait désormais la planque d'employé préfectoral au service de l'état civil, poste obtenu grâce à l'entremise des élus du département. Cet emploi subalterne allait me jeter dans la tourmente.

Le notaire, Me Auguste Grignon, dont l'étude somnolait au fond d'une jolie venelle, tout près de la boulangerie, avait la tête de l'emploi. Le faux derche accompli ployant sous les hypocrisies. Il n'a pas dit un mot mais n'a cessé de me dévisager comme on ausculte un suspect : il penchait la tête à la manière d'un Chinois qui va vous disséquer, sourire pincé, dès que je croisais son regard. J'étais certaine à vrai dire que cette attention d'entomologiste n'avait rien à voir avec la finesse de ma taille, ni la très légère échancrure de mon chemiser chastement fermé sous la veste de mon tailleur. Tout le contraire de son jeune clerc, plutôt joli garçon, qui s'attardait visiblement sur ma personne et plongeait le regard vers ses chaussures, au secours, au secours, dès que mes yeux poliment baissés se levaient en surprenant les siens…

Le plus cérémonieux, et à vrai dire le plus antipathique, était le député-maire descendu de son village de Saint-Pierre-Mont-Marceau pour saluer ses gens. Ce Charles Mesnard de Curzon était le troisième du nom depuis un siècle à la mairie d'à côté. Conseil général, Assemblée nationale, Sénat, cette famille royaliste avait collectionné les fonctions républicaines comme des titres nobiliaires, de père en fils. Des châtelains tels que lui il en reste encore quelques-uns dans ce bled, mais il y en avait pléthore dans les années 1900. C'est autour d'eux, de leurs terres, de leurs troupeaux, que la vie s'organisait. Ça n'a pas vraiment changé.

Pour l'immédiat, sous les lambris sous-préfectoraux de la mairie de Fleurdécieux, on devinait à la diction châtiée de ce Mesnard de Curzon qu'il ressentait la supériorité de son sang bleu et du pouvoir qui en découle. Ici, c'était lui le patron, et ce patron me donnait du « madââme » long comme un jour sans pain. Son discours ampoulé, encore plus long que son bras, évoquait mes souffrances. Et le réconfort que j'éprouvais aujourd'hui, dans la paix du haut bocage, « un pays bien placé pour savoir ce que persécution veut dire ». Qu'est-ce qu'il en savait, ce type, du réconfort que j'éprouvais ? J'avais plutôt envie de me baigner à Tipaza. Quand je pense à ce que ce personnage m'a réservé un peu plus tard, je m'en veux d'avoir fait oui avec la tête, tout au long de son laïus. D'autant que je savais, ou plutôt je croyais savoir, que son ancêtre avait joué un rôle dans le suicide de mon aïeul boulanger. Mon cousin m'avait lâché une phrase, juste en passant, avant de partir au cocktail :

— Surtout, méfie-toi du député. Il ne m'aime pas et sautera sur le premier prétexte pour te causer des ennuis, et à moi dans la foulée. Les élections municipales, c'est dans même pas trois ans, et il croit que je me prépare. Ce qui n'est pas faux. Or il sait que je sais des choses sur ton arrière-grand-père, si tu vois ce que je veux dire.

Je ne voyais pas vraiment et je n'avais pas envie de savoir, mais je finissais par trouver ses rappels insistants :

— Surtout tu n'en parles à personne, tu te souviens ?

Je n'en ai pas eu l'occasion. Le maire m'a remis une grande enveloppe sous les applaudissements, après avoir vérifié auprès du notaire et du député que c'était le moment de le faire. Je l'ai ouverte et j'ai montré le contenu à la salle : une invitation permanente au Puy du

Fou tout proche, pour ma famille et moi. Ma famille, la bonne blague, mais j'ai brandi la feuille en l'agitant pour avoir l'air enthousiaste.

Au vin d'honneur, comme j'étais un peu perdue au milieu de ces dizaines de visages, mon regard s'est arrêté sur les murs où étaient accrochés une quinzaine de tableaux anciens, tous issus de la même main. Des croûtes assez naïves dont le seul intérêt était archéologique. Ils représentaient le village dans son jus d'autrefois. Sans doute un artiste local du début du XXe siècle ou de la fin du XIXe. Sur ces œuvres de style figuratif on reconnaissait des scènes de la vie quotidienne à Fleurdécieux, avec des gens qui posaient en costumes traditionnels devant leurs maisons, femmes en coiffes penchées sur leurs travaux de toile, hommes en moustaches et bleu de travail posant dans la rue du château, travaux des champs, charrettes, chevaux et bœufs tirant des charrues, premières automobiles, aristocrates ou grands bourgeois en costume du dimanche, église sous tous les angles, avec sa flèche dominant la mairie, son portail gothique, sa façade massive, percée d'un vitrail circulaire, et surtout son curé agrippé à sa chaire pendant une homélie, l'air terrible. Il éructe, il pointe son doigt vers l'assistance, il promet la damnation. Ce tableau est assurément le plus expressif. Dans ces paroles et cette physionomie, l'artiste a dû sentir le Ciel lui tomber sur la tête.

Un vieux monsieur, aimable et surarticulant comme un académicien, s'est approché de moi, visiblement flatté par l'attention que je portais à ce tableau. Je l'ai pris pour le peintre avec ses moustaches blanches, son col Mao, sa veste de toile et son pull un peu trop long, et l'ai félicité pour son talent. Il m'a coupé en souriant, plein de politesse enrubannée :

— Ah, madame, vous y allez trop fort : j'ai quatre-vingt-douze ans, bientôt quatre-vingt-treize, mais je ne suis pas Mathusalem ! J'ai seulement l'âge de ce tableau ! Il représente le père Durand, voyez-vous. Mon père l'a peint en même temps qu'il m'a engendré, n'est-ce pas. Je suis né en 1906, quand s'est produit l'événement qu'il a immortalisé. Les vieux s'en souviennent encore, à Fleurdécieux ! Et pas seulement les vieux.

— Quel événement ?

— Si vous saviez… Des vieilleries…

— Il a pas l'air commode, votre père Durand. On dirait un imam qui prononce une *fatwa*, ai-je rigolé en poussant un peu mon accent arabe.

— Vous ne pouvez pas mieux dire, madame, hé ! hé !

— Ah bon ?

— Et vous avez bien de la chance d'avoir l'âge que vous avez ! Ça s'est passé chez nous, mais c'est pas joli, joli…

Il a changé d'intonation, comme le faisait Louis Jouvet dans ses rôles de commissaire, quand il disait plusieurs répliques en une seule, un texte, un commentaire et un sous-entendu qui menace, ou vous cajole. J'adore les vieux films français. Ma mère en était folle. Raimu, Rellys, Pierre Fresnay, elle avait toutes les cassettes.

— Ça s'est passé ici, mademoiselle. Parfaitement ! Chez nous et chez vous, à Fleurdécieux. À la… bou-lan-gerie.

J'ai froncé les sourcils, il a incliné la tête en prononçant ces trois syllabes, s'est mis la main sur le cœur et a repris son air lyrique :

— Mais tout ça c'est de l'histoire ancienne, ma petite dame. Profitez bien de votre jeunesse. Et n'oubliez pas : « Et rose elle a vécu ce que vivent les roses, l'espace d'un matin… »

Le notaire, Auguste Grignon, m'a débarrassée de lui.

— Ah, mademoiselle. Mais que vous raconte encore ce vieux poète ?

— Je lui parlais du père Durand, monsieur le notaire, a insisté le vieux monsieur. Vous vous souvenez du père Durand, n'est-ce pas ?

Inquiétante impression devant ce Louis Jouvet qui en disait trop peu, ou trop. Quel comédien ! Le notaire a secoué la tête, agacé, pendant que le vieil original penchait la sienne vers moi, en levant son verre. Je commençais à avoir soif et j'avais les mains vides. Le vieil homme a conclu, plus ambigu que jamais :

— Tous ces tableaux appartenaient à M. Grignon et à M. le comte, ma petite dame. Pas vrai, monsieur Grignon ? Tous. Ils en ont fait cadeau à la mairie. Leurs grands-pères les achetaient à mon père avant même de les voir, à ce qu'on raconte. Ils devaient être en affaire, tous ces gaillards.

Il a ri. Pas Grignon, qui a haussé les épaules et m'a soufflé que ce vieux fou « commençait à débloquer ». Puis il m'a éloignée en me saisissant par le bras, pour me présenter au vrai maître des lieux, à l'autre bout de la salle, près du buffet : le comte, député-maire du village voisin, que l'on appelait encore « le maître » dans les campagnes environnantes. Il pérorait devant ses gens.

Après quelques banalités d'usage et trois paroles de compassion pour mon pays martyrisé, Charles Mesnard de Curzon s'est tourné vers les serveurs, pour commander des boissons. Il en est revenu avec deux verres. De la main droite, il m'a cérémonieusement tendu un jus d'orange, tandis que de la gauche il tenait une coupe de champagne. Le goujat ! La conversation avec le vieux monsieur avait aiguisé mon envie d'envoyer paître tous ces gens, dans leurs prairies, avec leurs vaches. Le verre de jus d'orange achevait de m'épuiser. Armée de mon sourire à la Marilyn et d'un petit regard en coin (enfant j'imitais la star devant le miroir de la salle de bains), j'ai joué la provocation, sur le mode ingénu :

— Tant qu'à faire, monsieur le député-maire, j'aime autant ce que vous avez dans l'autre main, le truc avec des bulles.

Il a caché sa surprise derrière une moue complice, comme s'il partageait une blague :

— Mais vous buvez de l'alcool ? Vous n'êtes pas musulmane ?

— Si, si, monsieur le comte... Je suis musulmane, comme la plupart des Français sont catholiques mais ne vont pas à la messe, d'après ce que j'ai entendu dire. J'aime aussi la charcuterie. La vie, quoi... C'est pour elle que je suis ici... Pour la sauver ! Alors, champagne !

J'ai prononcé le dernier mot dans un éclat de voix qui a fait se retourner les invités et je l'ai même complété par un clin d'œil ridicule, ce qui n'était pas malin. Il s'est figé, dans une posture d'excellence bafouée et m'a fusillée des yeux.

— Ici nous sommes en Vendée, madame. La religion, on la respecte ou on s'en va. Bonsoir...

Et ce fervent chrétien a tourné les talons, blême de colère, parce qu'une musulmane en prenait à son aise avec le prophète Allah.

L'auditoire était gêné. Il y avait du sacrilège dans l'air. Sans doute aurais-je dû me contenir, mais il m'avait épuisée avec ses grands airs de diva démodée et son verre de jus d'orange. Je tiens cette insolence de ma grand-mère, qui la tenait elle-même, paraît-il, de la sienne, la femme du boulanger. Cette femme vécut ici et s'installa en Algérie après le suicide de son amant et compagnon de combat, rien dans les mains, rien dans les poches, mais ne renonçant jamais à batailler pour l'émancipation des exploités.

Elle eut de quoi faire jusqu'à sa mort, vendant cher son délicieux pain aux Européens, qui en redemandaient, et le donnant aux petits Arabes qui couraient pieds nus dans la rue, derrière une boîte de conserve ou une jante de vélo. Par la suite, sa fille, ma grand-mère Henriette, engendrée en Vendée mais née sur un bateau, a repris l'intégrale du flambeau, boulangerie et combat politique, en côtoyant Camus comme je l'ai dit plus haut. Elle s'est mariée à un musicien berbère, Ali, s'est convertie à l'islam pour emmerder les grands colons, mais sans y croire plus qu'à Jésus, et la maison dans laquelle j'ai grandi est devenue un foyer, dans tous les sens du terme – le fournil pour le pain, le chaudron pour les idées. Une maison où des gens dont je voyais la photo dans les journaux passaient parfois la tête, un lieu tenu par une dynastie de femmes que des hommes fréquentaient, mais n'ont jamais dominées. Ma mère l'a payé de sa vie, mais il m'en reste une aisance avec les gens et devant lesquels on baisse la voix. Je ne m'en laisse pas conter ; cet antipathique, avec son nom d'une autre époque, venait de le vérifier. Je le paierais cash un peu plus tard.

Aux yeux de mon cousin, qui me regardait avec une espèce d'effroi mêlé d'admiration, cette poussée d'adrénaline prouvait au moins que l'énergie me revenait. Il se trompait. Ce cyclone passager annonçait une dépression. Depuis mon arrivée, il avait remarqué, comme ma belle-cousine Élisabeth, sa femme, que la tristesse me gagnait. Pour me changer les idées, il m'avait confié la boutique pendant qu'il assurait ses livraisons dans les fermes et les villages environnants. Il pensait que ça m'installerait. Pendant des heures je serais seule face aux clients, j'apprendrais à les connaître, peut-être à les aimer.

Les semaines suivantes, j'ai tenu la maison, sans trop faire de bêtises. « Elle est bien, la petite Arabe, en plus elle est pas trop typée », admettait l'opinion publique. De fait, avec ma blouse et mon petit foulard blanc sur les cheveux, comme là-bas, j'ai retrouvé les gestes et l'attitude. Je m'y suis glissée sans problèmes. J'étais née dans la farine, j'avais été pétrie dans la pâte, cuite au fournil, je pouvais servir les yeux fermés les brioches et les croissants, j'avais appris à sourire, à demander des nouvelles, à parler du fond de l'air. Mais je le faisais comme un robot, le cœur n'y était pas.

Le temps passait, bientôt neuf mois que j'étais devenue une figure familière, plus proche de la mascotte que de l'enfant du pays, et la mélancolie montait comme l'eau d'une crue. Sitôt baissé le rideau, je m'enfermais sur moi-même, écrivant de longues lettres que je n'envoyais jamais, à quoi bon. Même pas à Hakim qui s'inquiétait et me reprochait de l'oublier. À table je disais merci, à chaque plat, mais ma conversation s'arrêtait là, malgré les efforts de Jacques et les sourires compatissants d'Élisabeth.

Et puis des larmes sont venues, au dessert en général. Elles arrivaient sans prévenir, coulaient jusqu'à ma bouche et mes cousins restaient sans voix. Maison… Je voulais rentrer chez moi et je n'en avais plus. La maison c'est pour être à l'abri, pas pour être assassiné. Qu'est-ce que je faisais là ? Combien de temps allais-je rester toute seule, dans mon lit, loin du pays qui parlait ma langue maternelle ? La langue natale n'est pas seulement le vocabulaire ou la grammaire, le français, l'arabe, le chinois, le papou, c'est la musique des paroles, les gestes, les attitudes, une façon de finir les phrases. J'avais laissé au pays la harissa des métaphores, la *kémia* des syllabes, la salade des formules, le soleil des gueulantes, et je bouffais de la quenelle à longueur de journée, en buvant du vin de messe.

On exagère quand on est déprimé. Ils ne sont pas des monstres, les Vendéens, même avec leurs idées fixes, leurs colonnes infernales de la Révolution française, leur fierté nationale, leurs processions du 15 août, surtout celles de leur enfance, leurs moulins, leur Puy du Fou, leur Alouette FM, leur Philippe de Villiers encensé même par mon cousin qui n'a jamais été de son bord. Ce sont des gens gentils, accueillants, compatissants, familiaux, chaleureux. J'ai vite fait la différence entre les arrière-pensées des uns et la profonde bonté des autres. Au fond, ce petit monde m'a fait penser à celui que j'avais quitté. Simplement ce n'était pas le mien. Je n'ai pas senti de violence ouverte ici, comme elle transpire chez moi par tous les pores, mais une pression diffuse et permanente. Un couvercle qui se pose et s'impose, qui vous enferme dans son réseau de hiérarchie, chacun sous le contrôle des autres, avec ses dirigeants amidonnés dans la morale éternelle, ses suiveurs plus ou moins obéissants, ses dissidents plus ou moins déclarés et ses insaisissables.

Parmi ces êtres ballottés, l'un d'eux m'attendrissait. Il n'était pas forcément mal dans sa peau, mais mal à l'aise dans la défroque qu'on lui faisait porter. Une espèce de Peau d'âne dont le manteau d'infamie serait la grisaille de l'étude notariale dans laquelle il s'ennuyait. C'était le clerc de Me Grignon, le jeune homme que j'avais remarqué lors du cocktail à la mairie. Il était affublé d'un surnom bizarre en ville, que les initiés prononçaient avec des airs d'en savoir plus. On l'appelait « Deux-en-un », je ne comprenais pas pourquoi… Peut-être parce qu'il était le filleul du comte et le promis de la fille du notaire, une fiancée que je ne souhaite à personne, avec son front proéminent, sa face plate et son menton en galoche. Deux-en-un passait devant la boulangerie, mine de rien, puis faisait demi-tour, s'arrêtait, hésitait, poussait la porte, s'excusait de n'avoir pas de monnaie et achetait finalement un pain, en bafouillant qu'il allait au bureau. Il avait l'air un peu bête, mais il était touchant et décidément très beau. Et puis son petit manège me flattait. Il était mon bon moment. Mon innocent pari du jour : allait-il marcher sur son lacet, s'étaler sur l'asphalte, ou s'écraser le nez sur le lampadaire d'en face ?

Mais à part lui, la boulangerie et la pâtisserie dans laquelle mon cousin excellait, j'avais perdu tous mes repères, et ce n'était pas ce gros bourg presque désert en semaine mais plein de rumeurs et de voix basses le dimanche qui m'en fournirait beaucoup. Mon Algérie avait beau avoir revêtu la pire de ses parures, celle de la sauvagerie, elle demeurait ce qu'elle est dans sa nature profonde et dans ma chair : un paradis tourmenté, mais un paradis quand même, où les saveurs, les parfums, la lumière, les cris, les réconciliations sont plus brûlants que le soleil. Ici tout était sous-jacent, retenu, aseptisé, les sourires comme les grimaces. En un mot je m'ennuyais à Fleurdécieux, même si j'oubliais la peur et dormais mieux la nuit. Le ciel était si souvent gris, les prairies si monotones, les vaches tellement amorphes. Et puis j'avais vingt-huit ans, des envies d'homme et des désirs de femme. Je pensais à Hakim, à ses longues lettres, à ses baisers, à son corps, mais il ne venait plus me réchauffer la nuit, avec ses yeux malins, sa gourmandise et ses mains de musicien.

Mon cousin Jacques faisait de son mieux pour me rendre le moral. Et sa femme encore plus, je serais injuste de ne pas m'en souvenir, même si je la fuyais. Pas une conversation sans qu'elle n'essaie de me consoler, sur un ton maternel :

— Je vois bien que tu as le mal du pays, Nadia, mais sois patiente. Tu vas t'installer. Sors un peu. Rencontre des amis. Je suis sûre que le clerc de notaire n'attend qu'un signe de toi. Il me fait de la peine, le pauvre, avec son air de chien battu. Et puis, n'oublie pas : tu es chez toi, ici, c'est ta maison et nous sommes ta famille. Si tu retournes à Alger tu te jetteras dans la gueule du loup.

Dans la gueule du loup peut-être, mais dans les bras de Hakim aussi. Chaque gentillesse d'Élisabeth me donnait envie de m'enfuir encore plus vite, partir là-bas ou n'importe où. La « famille », je ne voulais plus entendre ce mot. Je n'en avais qu'une et on me l'avait volée. On me l'avait massacrée et celle d'ici ne la remplacerait pas. Quant à l'arrière-grand-père que mon cousin remettait systématiquement sur le tapis, je préférais le laisser dans son cadre au salon et dans sa tombe au cimetière. Paix à son âme et qu'il me fiche la paix. D'autant que l'insistance de Jacques à me raconter sa vie se doublait de l'inquiétude que j'en parle au village, et je n'aimais pas ce double jeu. Cet entre-deux qui m'intriguait et me mettait de mauvaise humeur. À la fois l'envie de me boucher les oreilles et la curiosité de connaître une vérité illicite.

J'étais arrivée en France à l'hiver 1998 et l'automne 1999 pointait dans le bocage. Les jours, les semaines, les mois usaient lentement ma résistance. Sans y prêter attention, je me suis mise à contempler la photo sépia au-dessus de la cheminée et à m'interroger. Un bel homme décidément que cet Henri Brissaud, beaucoup de fierté dans ce port de tête, ce regard droit, ce menton volontaire, cet air d'aimable autorité. Comment imaginer qu'il se soit donné la mort en ne concédant qu'un pécule à sa femme enceinte, avec laquelle il avait mené tant de combats contre l'Église ? Comment comprendre – et admettre – qu'il ait donné presque tous ses biens, ses champs, ses vaches, sa boulangerie, ses immeubles, à la paroisse de Fleurdécieux, via la mairie, au moment même où les biens religieux devenaient propriété de l'État ? Et quelle étrange contradiction pour sa dernière volonté de saint laïc, toujours prêt à aider les gens du village, même ceux qui allaient à la messe : abjurer ses engagements en dépouillant la femme de sa vie et la petite fille qu'elle allait mettre au monde !

J'ai pensé à cette arrière-grand-mère aux abois, décidant de partir aux colonies pour essayer de se refaire, n'importe où, en Afrique, dans un comptoir indien, en Indochine, et qui était tombée par hasard sur cet article de journal que ma mère m'a montré. La France avait besoin de bras pour installer ses lumières en Algérie. Elle offrait une bourse et un billet à ceux qui tentaient l'aventure. Elle se rendit à Paris, puis descendit jusqu'à Marseille par le chemin de fer, le long de « la ligne impériale » que Napoléon III avait empruntée du temps de sa puissance, puis monta sur un bateau pour Alger. C'est alors que naquit ma grand-mère, en plein milieu de la Méditerranée. Arrivée sur place, Joséphine prétendit qu'on lui avait volé ses papiers et se déclara Brissaud auprès de l'administration, car elle ne croyait pas au testament de son compagnon et voulut même conserver sa mémoire dans le prénom de sa fille, qu'elle baptisa Henriette. Elle proposa aux autorités d'ouvrir une boulangerie. On l'envoya sur les hauteurs d'Alger, à El Biar, dans ce qui n'était encore qu'un tripot tenu par un ivrogne. À la mort de celui-ci, elle construisit un fournil de ses mains et fit si bien prospérer l'affaire qu'elle devint une notable à sa manière.

C'est là que ma grand-mère a grandi, au milieu des petits Arabes, qui furent éloignés peu à peu du quartier français, quand il devint résidentiel. Mamie Henriette, *Mamani* en algérien, m'a accompagnée jusqu'au dernier jour de son existence, à l'âge de quatre-vingt-six ans. J'en avais vingt et je l'ai beaucoup pleurée. C'est elle qui m'a raconté les visites de ce bel homme qui ressemblait à l'acteur Humphrey Bogart, journaliste puis écrivain célèbre, les réunions pleines de fumée de cigarettes, les batailles pour l'égalité des droits, les idées d'indépendance.

Elle avait repris le flambeau de sa mère Joséphine, en s'engageant avec son mari Ali (« mon Baba Sidi Papy-gâteau ! »), du côté des exploités. Henriette luttait pour la séparation de la France et de l'Algérie, Joséphine pour la séparation de l'Église et de l'État. C'est logiquement qu'elle s'opposa jusqu'à sa mort, en 1992, aux religieux, qui montaient en puissance depuis les années 1980. Logiquement aussi que ma mère a divorcé d'un homme devenu dévot, qui voulait la voiler et l'enfermer à la maison pendant qu'il s'occuperait de la boulangerie. Mon père Ahmed, dont je conserve un souvenir brumeux, avait un beau sourire. Il a disparu de nos vies après leur séparation.

Étrange période où le passé m'a submergée. Même ce père absent et oublié m'est revenu pendant ces semaines de dépression et, petit à petit, l'histoire de mon aïeul Henri Brissaud m'a obsédée comme le bruit d'un moustique pendant une insomnie.

Un jour de septembre, je suis allé au cimetière en cachette de mon cousin, à la recherche de sa tombe. En cachette car j'affectais à la maison la plus grande indifférence, voire la plus grande antipathie pour lui. J'ai fini par trouver son nom, dans le désordre anarchique du millier de sépultures, souvent ornées d'une croix en fonte. Là, je me suis assise, j'ai pris ma tête entre les mains et je suis restée longtemps, à pleurer toutes les larmes de mon corps, celles que j'avais retenues quand ils ont tué ma mère, celles que je n'avais pas su montrer à Hakim quand il m'a embrassée à l'aéroport et, qui sait, celles qui montaient d'encore plus loin, d'un puits profond où gisait ce vieux mort de 1906 et d'où remontait l'absurdité de ma vie. Je m'en fichais complètement de la Vendée, de ce village, de ce cimetière, du sac d'os qui moisissait sous le marbre où j'étais assise, mais c'est bel et bien sur la tombe de cet Henri Brissaud que je mesurais ma solitude et qu'elle me donnait le vertige.

La nuit commençait à m'envahir et je ne m'en rendais pas compte. J'avais juste un peu froid. Une main chaude s'est posée sur mon épaule. Je n'ai pas sursauté. C'était mon cousin Jacques.

— Je t'ai cherchée partout, Nadia. Il ne faut plus me faire ça. Tu m'as fait peur. Allez, viens. On va manger… Il va falloir qu'on en parle pour de bon, de ton arrière-grand-père.

4

Je refusais encore, je ne sais pas pourquoi. Je voulais savoir, mais je ne voulais pas. La mort de ma mère et ma fuite provoquée par les tueurs à gages d'Allah, m'avaient jetée dans une colère définitive contre tout ce qui ressemble à l'adoration de Dieu. Dieu et le diable, c'était pareil dans ma tête, Dieu et les hommes surtout, et je savais que le malheur de mon ancêtre Henri, comme le mien presque cent ans plus tard, avait la même origine. La folie religieuse. Le fanatisme. Ces tyrans en costumes de prophète qui prétendent être des serviteurs mais se conduisent comme des maîtres. Comme s'ils avaient chassé Dieu de son ciel, s'étaient assis sur son trône, arrogé ses pouvoirs présumés, avaient conquis la terre et décrété les lois. Tu ne tueras point mais moi oui, car j'ai l'aval du Prophète, tu ne voleras pas mais moi je te ferai payer l'impôt, car je suis le percepteur céleste. Ils décidaient du bien et du mal, de ce que l'on peut faire ou ne pas faire, comment se vêtir, comment manger, comment aimer, laisser vivre ou faire mourir.

Plus je souffrais de l'absence de ma mère et moins j'acceptais de replonger dans l'histoire de cet Henri Brissaud qui me renvoyait à la tyrannie humaine déguisée en ordonnance du Très-Haut. En fait c'était encore plus simple : je ne supportais pas d'avoir fui la barbarie des imams pour tomber dans les griffes des curés. Je généralise, je sais et je caricature, mais que l'on me pardonne encore une fois : les yeux grands ouverts de ma mère me regardaient dans la nuit. Et j'aimerais qu'ils troublent aussi les rêves des missionnaires qui sèment la mort au nom de la vie.

Donc ce soir-là, nous étions au début de l'automne 1999 et la télévision égrenait le compte à rebours qui nous menait à l'an 2000. Nous nous sommes assis près de la cheminée, cousin Jacques et moi, un verre de cognac à la main, et j'ai résisté encore. Je voulais savoir parce que j'en avais besoin, mais je refusais parce que j'en avais peur. Peur de quoi, je ne savais pas. Peur de plonger dans une histoire irréparable. Peur de me sentir d'ici, alors que j'étais de là-bas. Peur de trahir ma mère et ma grand-mère.

Jacques m'a expliqué que je ne pourrais jamais comprendre l'histoire du boulanger Henri Brissaud si j'oubliais celle du pays où il avait vécu. Il a parlé du « pays », il aurait pu dire « la nation ». Car Fleurdécieux et les bourgs environnants n'étaient pas un morceau de Vendée, une parcelle de haut bocage, mais un univers en soi. Jusqu'à la fin des années 1930 l'horizon s'arrêtait à vingt-cinq ou trente kilomètres pour la plupart des habitants. On allait une ou deux fois par an à la foire de La Roche-sur-Yon, et encore, si le cheval pouvait tirer la charrette et si la pluie n'avait pas creusé trop d'ornières. Ce monde était constellé de châteaux, autour desquels gravitaient des lieudits, des granges, des bourgs minuscules, d'autres un peu plus importants, cimentés par la religion et l'aristocratie terrienne.

On croyait au Seigneur du ciel et on obéissait à celui d'ici-bas, qu'il soit marquis, comte, baron ou bourgeois parvenu. Nul endroit sur la terre où le pouvoir du sabre et du goupillon ne se confondaient autant. Ils étaient si bien associés que l'on ne savait plus où commençait l'un et où finissait l'autre. Le sabre était-il le glaive du goupillon, ou le goupillon le bouclier du sabre ? Pour qu'un tel système perdure, il fallait que le pays soit pauvre, parfois très pauvre, on disait même arriéré… Cette austérité séculaire justifiait à la fois l'extrême obéissance et l'idée d'une extrême élévation. Être pauvre et soumis nourrissait la mystique d'une richesse intérieure et d'une liberté conquise sur soi-même. On n'avait rien mais on partageait tout, on n'était rien mais on se reconnaissait, personne n'était laissé sur le bord de la route, pas même les bossus, les idiots, les malades. Mais gare à celui qui dérogeait. Malheur à celui qui ne croyait pas car il détruisait l'équilibre de la foi, et sans la foi ce monde de soumission et d'oppression se serait effondré.

— C'est ce qu'a fait mon arrière-grand-père Henri ? Il a dérogé ? ai-je demandé au cousin Jacques.

— Je crois qu'Henri Brissaud dérogeait en permanence et que c'était presque admis dans le village. Il était l'original, l'exception qui confirme la règle. Et puis tout le monde l'aimait bien, même s'il était le mauvais exemple dont on parlait aux enfants du catéchisme. Il rendait service à tous, sans distinction de rang ni de pensée. Un vrai républicain en somme. Dans la mémoire de Fleurdécieux, il n'est pas seulement resté le Boulanger, mais carrément le Nourricier. D'ailleurs, comme tu l'as remarqué en débarquant chez nous, malgré ce qui est arrivé, sa ruine, son suicide, la fuite de ton arrière-grand-mère Joséphine, la venelle qui longe la boulangerie s'appelle toujours la rue du Grand-Frère. C'était le frère universel, Henri Brissaud. Et mon père Auguste, qui lui ressemblait tant, est même devenu « le

Petit Frère». Le Grand Frère et le Petit, tu mesures la popularité, Nadia!

Il se laissait gagner par l'émotion et le lyrisme, le cousin Jacques, comme souvent les personnes qui avancent en âge. Encore un peu et il me dégainait le vibrato d'André Malraux au Panthéon, devant le cercueil de Jean Moulin. Mais dans l'état de fatigue où je me trouvais, son envolée ne me faisait pas décoller. Au contraire. Cette manière de jouer de la mandoline sur des mystères qui me concernaient, a réveillé ma méfiance. Après tout, ce n'était pas son histoire qu'il me racontait là, mais la mienne.

— Je sais, cousin, je sais, tu ne vas pas me le répéter pendant cent sept ans. Il a une rue à son nom, Henri Brissaud, c'était un chic type et tout le monde l'aimait bien, mais alors c'est quoi, cette sale histoire? Qu'est-ce qu'il a fait? Et pourquoi il a jeté sa femme à la rue?

Mon cousin Jacques est une crème d'homme. Il m'a reçue cinq sur cinq et s'est décomposé en s'excusant. J'ai presque eu l'impression qu'il souffrait des mêmes questions que moi. Il butait sur des mystères et remplissait les vides avec sa mandoline.

— La vérité, c'est qu'un jour ton arrière-grand-père a dépassé les bornes. Et les bornes d'ici, non seulement elles t'enfermaient comme les barreaux d'une cage, mais en plus elles n'étaient pas des bornes, plutôt des herses électrifiées! Tu les touchais, tu étais mort. Et lui, il les a touchées, des deux mains…

Il m'a raconté de nouveau son pays d'alors, avec cette déchirure intime qui l'amenait à s'indigner de son obscurantisme – mais à prendre sa défense si quelqu'un le critiquait, et je me reconnaissais dans cette contradiction. Si l'Algérie hypocrite et violente je la hais plus qu'à mon tour, n'en dites pas de mal en ma présence, je la soutiendrais bec et ongles. Ça doit être ça l'amour du pays quand il est charnel, même s'il se veut lucide. On sait, mais on se tait, ou encore pire, on condamne mais on acquitte. On justifie l'injustifiable. Les Corses avec leurs plastiqueurs, les Marseillais avec leurs mafieux, les musulmans avec leurs terroristes, les intellos de gauche avec leurs islamistes, les catholiques avec leurs pédophiles, les Floriciens avec leur boulanger, Albert Camus avec sa mère et la colonisation…

J'attendais impatiemment l'histoire du boulanger Brissaud et j'ai eu droit, jusqu'à minuit, à un jeu d'équilibriste qui ferait passer les mobiles de Calder pour un modèle de stabilité. Vie et mœurs d'un pays détestable et magnifique.

Côté pile, l'esprit de famille, l'entraide, la solidarité, la compassion. Côté face, l'obscurantisme, les préjugés, l'intolérance. Et pour venir à bout de la contradiction, l'union sacrée contre un ennemi sans pitié, que l'on brandit comme un laissez-passer. Il faut toujours un Barbare, un plus cruel que soi, pour couvrir les crimes ou les abus qu'une communauté commet. Dans le rôle de l'ignoble, les fameuses colonnes infernales du général Turreau se sont montrées à la hauteur. Envoyées en Vendée par la Convention de Robespierre, pour achever le travail après l'effondrement de l'armée catholique et royale, elles avaient pour mission d'« en finir » avec « les brigands », comme l'armée française dans les Aurès pour liquider les « fellouzes ».

Turreau établit son siège à deux pas de Fleurdécieux, garde-à-vous, formez vos bataillons et allez-y messieurs, qu'un sang impur abreuve nos sillons. Certains généraux prirent soin d'épargner les civils qui n'étaient pas des insurgés. D'autres n'eurent pas ces scrupules. Oradour à tous les étages. Massacres et viols, enfants assassinés, tortures, incendies, sauvagerie. Cette répression vous fabrique une nation et ça n'a pas manqué. Si la Vendée n'était qu'une myriade de bocages isolés à la fin du XVIIIe siècle, elle est devenue un peuple au début du XIXe. Uni avec lui-même et uni avec ce Dieu qu'elle prétendait servir et sauver en même temps.

En écoutant cousin Jacques et en m'endormant un peu, j'ai cru qu'il parlait de mon Algérie, victime des colonnes du Fis, le Front islamique du salut. Mes yeux se fermaient et, dans le timbre égal de son récit, une image me revenait : la photo de cette femme de Bentalha, qui a fait le tour du monde. Au matin du massacre, après une nuit d'horreur, cette icône musulmane du désespoir ressemblait comme une jumelle à la Vierge Marie, au pied de la Croix.

— En fait, ça faisait longtemps que la famille Brissaud jouait avec le feu. Chez nous c'est comme un atavisme, depuis le fondateur, en 1794 ! Il est arrivé ici parce que le boulanger du village avait été égorgé, comme tant d'autres, par les colonnes infernales…

— Assassiné comme ma mère ?

— Comme ta mère, sauf que là les religieux n'ont pas commis le meurtre, mais leurs ennemis, les révolutionnaires…

— Ça change du côté du manche, cousin, pas du côté de la lame… Du côté du manche les bonnes raisons se changent comme de chemise : une fois pour Dieu, le lendemain pour le peuple et la troisième pour le plaisir. Du côté de la lame c'est différent. Ou plutôt c'est toujours la même chose. D'abord on te tue, ensuite on t'assassine et enfin on t'exécute.

— Si tu veux, Nadia, si tu veux…

Quand il est embêté, cousin Jacques répond toujours : « Si tu veux », et parfois cela veut dire : « Cause toujours… » Il a continué :

— En tout cas, le maire et le curé de Fleurdécieux se sont mis à la recherche d'un remplaçant et ils ont fait venir un certain Pierre Brissaud. Le malentendu commence là. Le village qui se relevait d'un massacre avait besoin de pain et Pierre Brissaud avait besoin de travailler. Ils sont tombés d'accord mais ne se sont pas tout dit. Le maire et le curé n'ont pas demandé de brevet de royalisme et de catholicisme au candidat, et Brissaud n'a pas précisé qu'il était républicain. Le ver était dans le fruit, ou plutôt dans la farine, et de père en fils ça ne s'est pas arrangé.

— La même histoire que mon arrière-grand-mère Joséphine, quoi. Elle a fondé une dynastie de femmes, toujours à tenir tête aux hommes qui voulaient les enfermer à la maison ou sous le voile, toujours du côté des pauvres, toujours méfiante avec les religieux. Et ma mère y a laissé la vie…

Ma mère, j'aurais donné ma jeunesse pour rembobiner le film et la ramener à nous, revenir à l'instant où je l'avais embrassée pour la dernière fois, en m'inquiétant pour elle. Elle était si fatiguée, si lasse, et je savais qu'elle avait peur. Mais comment remonter le fil, même en souvenirs, quand on ne sait pas où commence la bobine ? Le bazar de nos destins s'emmêle depuis la nuit des temps. Révolution française pour l'arrière-grand-père Henri, révolution algérienne et colonisation pour ma mère Yasmine.

Elle avait vingt-six ans en 1962, exaltée par la victoire des gueux, des sans-chaussures, des dents cariées, des bougnoules, des bicots, des ratons, ces mots infâmes renvoyés aux poubelles de l'Histoire, par la grâce d'une jeunesse qui se sentait portée par une force irrésistible. Ma grand-mère Henriette était plus circonspecte. Elle se méfiait des gens qui arrivaient au pouvoir à Alger en tenue camouflée, mitraillette en bandoulière, elle les trouvait sans pitié, pensait à Camus, n'aimait pas ce que l'on racontait sur les Européens massacrés à Oran ou les harkis épurés comme les collabos de France en 1945. Elle plaignait aussi les pauvres gens que l'on disait européens et qui fuyaient leur terre d'Afrique vers une France qu'ils ne connaissaient pas. Elle applaudissait quand même à la victoire des siens, oubliait ses réserves, contaminée par le bonheur de sa fille. Elle bâtirait l'Algérie nouvelle, Yasmine, elle en était certaine, elle faisait plaisir à voir.

Elle l'a fait, mais à contre-courant, comme une dissidente ou presque. Elle espérait s'inscrire dans un grand souffle et elle a bataillé sa vie durant contre un système verrouillé, sans portes ni fenêtres sauf cette France où l'on devenait des immigrés. Elle pensait que sa génération accéderait au pouvoir, mais l'armée l'avait confisqué, comme si le pays ne s'était pas affranchi mais avait seulement changé de patron. À l'exemple de sa mère, elle avait cru que l'émancipation des femmes serait le symbole ultime de la victoire, mais ce combat libératoire lui valait l'implacable hostilité des hommes.

Maman ne s'était jamais découragée, n'avait renoncé à rien, avait bravé les tabous, mais commençait à ployer sous la charge et les années. Passé la soixantaine, je l'ai vue s'attrister, envahie par une désillusion qu'elle refusait d'avouer, mais qui montait comme une marée et faisait peine à regarder. Je l'imaginais dans sa jeunesse, elle irradie sur les photos. Elle était belle et le savait, bras nus, cheveux défaits, tournoyant dans sa boulangerie, et tant d'hommes la maudissaient à force de la vouloir et de ne pas la posséder. Certains, plus grossiers que d'autres, lâchaient des insanités à son passage en crachant sur le bitume, quand nous descendions en ville ou allions à la plage. J'étais petite, ils me faisaient peur, elle disait que ce n'était rien, des imbéciles.

L'espèce de rage qui l'escortait s'est envenimée quand elle a divorcé, dans les années 1980. Elle est devenue une mauvaise femme qui refusait d'obéir à son mari. À cette époque elle travaillait bénévolement pour une association, le soir dans les cités pauvres, à donner des leçons d'arabe, de français, de grammaire, de calcul, aux petites filles en difficulté, mais son cours s'est mis à péricliter, avant qu'il ne soit supprimé. La salle était pleine au début, les mères lui apportaient des pâtisseries pour la remercier, puis lentement elles ne sont plus venues. Les maris l'interdisaient. La faute à la politique d'arabisation voulue par le pouvoir, sans doute, mais pas seulement. C'est elle qu'ils refusaient. Ce qu'elle était, ce qu'elle représentait d'insolence et de liberté. Langue française ou pas, ils ne confieraient pas l'éducation de leurs filles à cette *kouffar* insoumise.

En 1988, lors des émeutes de la jeunesse, elle avait cru renaître. Partout en Algérie la chape du parti au pouvoir, contrôlé par l'armée, s'était enfin fissurée. Annaba, Oran, Constantine, Tizi-Ouzou, Bejaïa puis Alger. Partout des dizaines de milliers de garçons et quelques filles nées après l'indépendance se sont emparés de la rue, ont établi des barrages, des contrôles d'identité, bravé les interdits et la police, jusqu'à l'insurrection du 5 octobre, dans le quartier populaire de Bab el-Oued. Enfin un courant d'air par les portes et les fenêtres, avait pensé ma mère, enfin un souffle, enfin la révolution, elle exultait dans sa boulangerie devenue le forum des hauts d'Alger.

Elle ignorait qu'elle entrait en enfer. Le fond de l'air a fécondé la guerre civile qui lui prendrait la vie. L'armée qui réprime les manifestations a remis le couvercle sur la cocotte-minute, et les religieux en ont profité pour faire monter la vapeur et s'emparer des esprits. En 1990 le Front islamique du salut remporte les élections municipales et quadrille la vie quotidienne, en 1991 il est aux portes du pouvoir après le premier tour des élections législatives, mais l'armée bloque le processus électoral et emprisonne les dirigeants religieux. Années tragiques. Ma mère, farouchement opposée au pouvoir militaire, approuve le coup d'État parce qu'elle déteste encore plus les barbus obscurantistes. Ma grand-mère Henriette a juste le temps d'assister au désastre avant de mourir en 1992. L'ère des barbaries croisées revient sur cette terre où l'enfer et le paradis se partagent le soleil et la nuit.

Que l'on s'adonne à la prière ou à l'hédonisme on mange toujours du pain. Pendant ces années sanglantes, la boulangerie n'a pas désempli et comme le ferment de la révolte n'a jamais quitté ma mère, le magasin est devenu le refuge des rêveurs. Chaque matin on apprenait que des villages avaient été attaqués, les horreurs gagnaient la banlieue même d'Alger et parfois le centre-ville, on ne savait plus qui commettait les crimes des fous de Dieu ou des soldats de l'armée officielle, mais des gens, des femmes surtout, se réunissaient le soir dans une salle de l'arrière-boutique, à parler de politique un peu, en se méfiant, de littérature aussi, de poésie, de philosophie, de cinéma, de musique et d'espérance de paix.

Un soir de 1998, une amie de ma mère est venue la prévenir. Il valait mieux qu'elle parte. Elle avait entendu dire que des imams l'avaient condamnée à mort car elle répandait des idées perverses, non conformes au Coran.

Les réunions du soir se sont arrêtées net, elle s'est mis un foulard noir sur les cheveux, s'est enfermée dans le silence, mais n'a pas baissé le rideau. Inquiète de son attitude, je l'ai interrogée et elle m'a dit la vérité. Nous nous sommes disputées. J'étais terrorisée, je voulais qu'elle s'en aille, qu'elle se mette à l'abri, n'importe où, mais elle me répondait qu'à son âge elle n'intéressait plus personne, pas même les assassins, et qu'elle ne céderait pas. Je lui ai crié qu'elle était folle et suis partie chez Hakim. J'allais claquer la porte quand elle m'a rappelée :

— Et toi, Nadia, tu serais prête à t'enfuir ? à tout quitter ? à tout lâcher ? La preuve que non, tu vas retrouver ton amoureux. Allez, ne t'inquiète pas. Demain il fera jour. Profite de ta jeunesse en attendant, ma fille, et passe une bonne soirée. Embrasse Hakim.

Je suis revenue vers elle. On s'est tombées dans les bras, comme toujours depuis la petite enfance, bien serrées, bien ensemble, souffles croisés, éternellement inséparables, à se retenir de pleurer :

— Bonsoir maman, promets-moi de faire attention. Ne reste pas au magasin.

Je ne l'ai jamais revue vivante.

Mon cousin m'écoutait, intimidé par mon chagrin. Je me suis tournée vers lui :

— Tu vois, Jacques, ton histoire et la mienne c'est du pareil au même.

Il n'a pas dit « si tu veux »... Sa voix s'est faite plus sourde.

— Forcément, Nadia... Elle commence au même endroit. Si le boulanger Brissaud a rencontré ton arrière-grand-mère Joséphine et l'a amenée au village sans l'avoir mariée, c'est qu'ils avaient le même caractère et tenaient à l'afficher. Ce caractère ne s'est jamais perdu. Ils étaient des révoltés portés par les idées nouvelles de progrès et de liberté. Ils s'étaient rencontrés en 1903, quand le petit père Combes expulsait les congrégations, dans toute la France. Ça chauffait à cette époque. Le pape avait rompu les relations diplomatiques avec Paris. On était à deux doigts de la guerre civile. Il y avait des manifestations partout, d'un côté les défenseurs des moines, de l'autre les partisans de la République. Tu devines qu'en Vendée c'était encore plus tendu qu'ailleurs. Et pas la peine de te préciser dans quel camp étaient Henri et Joséphine...

— C'est qui, le petit père Combes ?

— Le chef du gouvernement de l'époque. Un anticlérical qui ne supportait pas la « calotte », comme on disait...

— Et Henri Brissaud, il détestait les curés, comme lui ?

— Pas vraiment... Il militait chez Clemenceau, qui n'était pas un enragé. À la fin de sa vie, un jour, sa gouvernante lui a lancé : « Oh, vous, monsieur le président, vous êtes fâché avec le Bon Dieu ! » Et tu sais ce qu'il a répondu, Clemenceau ? Il a dit : « Pas du tout. Le Bon Dieu et moi, on ne s'est jamais disputés. On ne se parle pas, c'est tout... » Henri Brissaud était dans cette idée. Jeune, il avait entendu parler de Jules Ferry, l'école de la République, libre et gratuite, instaurée en 1880. Dans les réunions politiques auxquelles il assistait, il avait aussi découvert la première bataille contre les congrégations catholiques...

Le cousin Jacques s'échauffait pendant que je piquais du nez. Un cours d'histoire sur les rapports de l'Église et de l'État en France, au XIXe siècle. Les congrégations régentaient la vie quotidienne. Pour apprendre à lire aux enfants, à condition que les parents payent, les moines avaient ouvert des écoles partout. Pour soigner les malades, les bonnes sœurs pullulaient dans les hôpitaux. Pour secourir les miséreux, des quêtes étaient organisées. La vie entière était quadrillée par la soutane et, derrière la charité, les curés glissaient leur catéchisme.

L'ancêtre Henri n'aimait pas ça et ne s'en cachait pas. Lui, c'est la République qu'il vénérait, le droit pour tous, la liberté, la fraternité. Le bonheur pour chacun, mais pas dans l'au-delà. Les derniers qui seraient les premiers il les voulait de son vivant, pas quand tout le monde serait mort. Or dans le village c'était presque un sacrilège !

La voix de Jacques était montée d'un ton, gagnée par l'indignation :

— Ici, à Fleurdécieux, jusqu'en 1930, on ne cultivait pas de pommes de terre, figure-toi, et on n'en vendait pas, parce que dans les Saintes Écritures il n'y a pas de pommes de terre ! Tu vois un peu le tableau ? Dans le village de ton arrière-grand-père, Dieu tout-puissant, créateur du ciel et la terre, se serait senti offensé si les petits Vendéens avaient mangé des patates !

J'étais lasse. Je l'ai coupé en lançant une ânerie :

— Et si moi, je me coupais tout de suite une tranche de saucisson, tu crois qu'il serait fâché dans son ciel, le Bon Dieu ?

Il a surenchéri :

— Et si les petits juifs et les petits musulmans conservaient leur prépuce, tu crois qu'il serait vexé ?

Il s'est mis à ricaner. J'ai posé ma main sur la sienne

— Allez cousin, on se calme ! Mais vraiment, quel monde de fous !

— Et pire encore, Nadia. Si les préjugés ne portaient que sur la bouffe, passe encore. Mais même apprendre à lire et à écrire a provoqué des émeutes ! Les lois de Jules Ferry ont été votées en 1880 et les fidèles de l'Église catholique, la charité plein la bouche, ont lutté contre leur application pendant un demi-siècle. La première école publique de Fleurdécieux n'a été ouverte qu'en 1925, après quarante-cinq ans de blocage, grâce à mon père. Il y avait six élèves, contre cent cinquante dans les écoles religieuses. Et sur les six élèves il y avait cinq petits Brissaud ! Tu imagines le climat ?

Je faisais oui avec la tête, mais j'avais du mal à suivre. Mes paupières se fermaient. Il l'a vu et s'est levé en se frottant les reins.

— Allez, je me fais vieux ! On reprendra demain. Bonne nuit ma cousine, j'ai trop tardé. Il faut que je cuise la première fournée et on ouvre à 7 heures.

Il m'a embrassée sur le front et nous nous sommes séparés. Il a rejoint son fournil, et moi mes draps solitaires. Ni lui ni moi n'imaginions à quel point demain serait un autre jour.

5

Les premiers concernés sont toujours les derniers prévenus. Le chapitre initial de mon séjour à Fleurdécieux s'est achevé brusquement, le lundi 4 octobre 1999. Je ne l'ai pas compris tout de suite. Je me souviens de la date parce que c'était mon vingt-neuvième anniversaire et que mon cousin m'avait préparé un gâteau magnifique.

Le samedi d'avant, les notables qui m'avaient accueillie lors de mon arrivée s'étaient discrètement réunis à l'hôtel de ville, dans le bureau d'Alphonse Brossel, le maire, pour une espèce de conseil de crise dont j'étais le sujet. Je l'ai appris plus tard, ils avaient évoqué ma présence à la lumière d'informations nouvelles, en évoquant une menace. Quelque chose comme le retour du fantôme d'Henri Brissaud... Il y avait là deux ou trois membres de la majorité municipale, le notaire Auguste Grignon et le député-maire de la circonscription, le fameux Charles Mesnard de Curzon, qui n'avait pas digéré mon incartade publique sur les avantages comparés du champagne et du jus d'orange. J'ai su longtemps après qu'il était le plus en colère et le plus déterminé.

Peu de choses avaient filtré dans le village. Les initiés avaient gardé pour eux l'essentiel de l'affaire. La rumeur avait un peu bruissé à la sortie de la messe, quelques fidèles assurant qu'il se passait des choses du côté de la boulangerie, mais sans préciser lesquelles. J'ai donc ouvert le rideau et servi les premiers clients, sans me douter de quoi que ce soit. Derrière mon comptoir, aux premières heures de ce lundi matin, les échanges ont ressemblé à ce qu'ils sont tous les lundis. En venant acheter leurs pains ou leurs croissants, les clients n'ont rien lâché de particulier. Et puisque j'en savais encore moins, j'ai souri comme d'habitude, devisant sur la pluie et le beau temps, demandant à chacun le programme de son dimanche et prenant des nouvelles des enfants ou des aïeuls.

J'aurais pourtant dû m'étonner. Remarquer le regard de quelques-uns. Pas grand-chose à vrai dire : chez les aimables, le sourire trop souriant que l'on adresse aux grands malades, les yeux qui vous questionnent en coin et plongent vers le parquet quand vous les surprenez à vous dévisager, ou les gorges qui se nouent au moment de demander son pain et ses croissants, comme si c'était intimidant… Chez les antipathiques, les signaux étaient encore plus nets. Ils auraient dû m'alerter, mais je n'avais pas la tête à ça. Je m'étais couchée tard et la conversation de la veille, avec mon cousin Jacques, m'avait laissée dans une drôle de sensation, assaillie par une foule de questions. Je ne me suis pas rendu compte que les Floriciens les moins bien disposés à mon égard, souvent des proches du maire ou du notaire, avaient changé d'attitude.

Jusqu'alors ils s'étaient montrés courtois. L'accueil que les autorités m'avaient offert les avait contraints à l'hypocrisie. Mais ce matin-là, les uns après les autres, ils se sont mis à afficher leur méfiance. Ils se sont décomplexés, comme dirait l'autre. J'avais été la bienvenue, même si, comme dans le sketch de Fernand Raynaud qui faisait pouffer ma grand-mère Henriette, des voix s'étaient émues en sourdine qu'une boulangère arabe vienne manger le pain des Français. Désormais j'étais suspecte.

Depuis presque un an je m'étais installée sans incidents particuliers. Ma présence à la boulangerie avait même provoqué un afflux de clients masculins, qui déroulaient leurs petits compliments sur la couleur de mes yeux. Je ne suis pas très « typée », comme ils disent, j'ai le regard clair de mon grand-père kabyle, la taille fine, etc., et j'entends dire depuis l'adolescence que je suis plutôt jolie. L'émotion du beau clerc de notaire a fait partie de ce cortège de galanterie, en plus touchant : Nadia la musulmane semait dans son sillage des sensations pas toujours catholiques. De temps en temps un commentaire me rappelait à mes origines, mais les choses n'allaient pas loin. La femme d'un adjoint m'avait demandé si le bled ne me manquait pas trop, en appuyant sur le mot « bled ». J'avais souri comme si je n'avais pas entendu. Et j'avais fait la sourde oreille quand un employé de mairie s'était inquiété de savoir si mes frères, mes sœurs, mes cousins et la smala d'Abd el-Kader allaient s'établir en Vendée en vertu du regroupement familial… « Je plaisante », avait-il ajouté dans un petit rire qui venait du nez, pendant que je faisais oui avec la tête, enchantée par sa bonne blague. Je l'avais servi, salué bruyamment, puis étais passée à autre chose, c'est-à-dire au client suivant.

Mais en cette fin de matinée, les sous-entendus ont changé de nature. Ils sont devenus inquisiteurs. Vers midi, deux clientes et un client m'ont demandé jusqu'à quelle date je comptais rester à Fleurdécieux et si j'étais en règle avec l'administration. Des mots polis dans la forme mais menaçants dans le ton. Ces Floriciens bienveillants disaient s'inquiéter pour moi car « ils m'aimaient beaucoup » et avaient entendu dire que le préfet n'était pas tendre avec les « clandestins ».

À la pause de 13 heures, je n'en ai rien dit à Jacques, dont c'était l'heure de la sieste. Mais en fin d'après-midi, un incident m'a convaincue qu'il se passait des embrouilles. La femme du maire, qui avait l'habitude de patrouiller dans les rues du village comme si elle était en inspection et comme si son mari était le factotum, est venue m'interpeller à haute voix, dans la boutique pleine à craquer :

— Dites-moi, Nadia, pourquoi portez-vous ce foulard sur la tête ?

— Parce que c'est mieux dans une boulangerie, madame. Les clients ne seraient pas contents de manger mes cheveux. Tablier et foulard blancs, c'est l'uniforme des boulangères…

— Le tablier peut-être, mais le foulard, faites attention… Ici, on est laïc. Les signes religieux, on s'en méfie.

Aucun client ne s'est interposé, mais plusieurs étaient gênés. Je me suis contentée de répondre : « Ah oui, laïc, c'est bien connu en Vendée… » et me suis mordu la langue pour ne pas ajouter : « Parlez-en à monsieur le curé »… Si ça n'avait tenu qu'à moi et si la crainte de créer des ennuis à mon cousin ne m'avait pas retenue, j'aurais enfilé une burqa le lendemain, avec des gants et un grillage. Le voile je le haïssais. Ma grand-mère avait lutté contre cette prison de toile pendant toute son existence, et ma mère en était peut-être morte, à force d'avoir ostensiblement promené ses longs cheveux au vent marin d'Alger, mais je comprenais soudain la réaction des musulmanes de France qui se mettent à se couvrir parce qu'on les somme de se dévoiler.

À la fermeture, je suis allée trouver Jacques qui préparait sa pâte pour la fournée du matin. Je voulais le prévenir, mais c'est lui qui est venu vers moi, visage préoccupé :

— Nadia, tu as bien déposé ta demande de certificat de résidence à la préfecture ?

— Bien sûr, au début de l'été.

— Et tu as bien précisé les circonstances qui t'ont amenée à te réfugier en France ?

— Bien sûr.

— Et tu n'as dit à personne que nous sommes arrière-cousins. Rien sur ton arrière-grand-père et ton arrière-grand-mère ?

— Rien. Mais pourquoi ces questions ? Quel est le problème ? Aujourd'hui certains clients étaient un peu bizarres. Surtout la femme du maire, carrément agressive. Tu as appris quelque chose ?

— Rien de précis. Mais le maire m'a téléphoné. Il veut que je vienne le voir. Il me dit que tu n'es pas en règle et, du coup, moi non plus. Et que si je continue à faire travailler des clandestins je vais avoir l'administration sur le dos.

À la fin du dîner, j'ai soufflé mes bougies, mais nous n'avons pas eu le cœur de continuer la conversation de la veille. La suite des aventures de l'ancêtre Henri Brissaud attendrait encore un peu. Une urgence moins historique avait pris la place de l'autre, comme une information chasse la sensation de la veille, à la télévision… Allais-je devoir faire mes bagages onze mois après mon arrivée ?

Dans la chambre j'ai branché mon téléphone. Hakim m'avait encore appelée et il avait laissé un message : « Bon anniversaire si tu existes encore. » Depuis des semaines, je n'avais donné aucune nouvelle. Il sonnait, je ne décrochais pas. Je ne pouvais pas lui dire de me rejoindre, il avait son travail de dessinateur, dans plusieurs quotidiens d'Alger. Et je ne pouvais pas rentrer, c'était encore trop dangereux. Et puis je n'en avais pas vraiment envie. Je n'avais d'ailleurs plus envie de grand-chose, sauf de tirer au clair la « sale affaire » qui m'avait amenée à naître et vivre en Algérie. Et plus je me sentais coupable envers lui, plus je repoussais le moment de lui avouer ma lassitude. Les événements de la journée, en me rappelant à ma condition et à mes origines, avaient brisé le cocon dans lequel je m'étais enfermée. En composant son numéro, j'ai pensé à la minute où je l'avais appelé, le jour de la mort de ma mère, après avoir passé des heures en chien de fusil, cachée dans l'arrière-boutique.

Je ne l'ai pas reconnu. Hakim a toujours conservé le sens de l'humour, surtout dans les moments difficiles. Quand je le contrariais il dessinait notre dispute sur le premier papier qui tombait sous son crayon, ou faisait semblant de s'incliner devant mes volontés : « Attention, revoilà la femme libérée. Madame, je suis votre prisonnier. » Certains jours cette manière de rire de tout m'agaçait prodigieusement, je lui tournais le dos, le laissais en plan, même à la table d'un restaurant, mais sitôt la colère oubliée je lui tombais dans les bras. C'était notre régime à nous, haute tension à tous les étages, assis, debout, à la verticale, et pour l'horizontale je n'en dirai pas davantage.

Mais là, après ce silence de plusieurs semaines, son style avait changé. Sa voix était haut perchée, il butait sur les mots ou s'emportait dans une colère mêlée d'indignation.

— Ah, Nadia, tu m'appelles… Tu te souviens de moi ? Tu as retrouvé mon numéro ? Ou plutôt tu as retrouvé ton téléphone ? Tu l'avais perdu ton téléphone ?

Mes messages, tu ne les as pas vus, mes messages ? Des semaines que je t'appelle... Tu te rends compte ? Tu te rends compte ?

— Hakim...

Mais il n'écoutait pas. Il ne le pouvait pas. Il avait rempli mes silences avec son inquiétude et elle le submergeait. La jalousie, bien sûr. L'idée que je couche avec un autre et, pire encore, que j'y prenne du plaisir. Mais pas seulement. La peur qu'il me soit arrivé *quelque chose*. Pas forcément un accident, il l'aurait su par mon cousin, mais *quelque chose* qui m'aurait transformée. Peur que je sois devenue une autre...

— Tu te rends compte ? J'ai tout imaginé. Pourquoi tu ne m'as rien dit ? J'étais prêt à tout entendre. Même que tu veuilles refaire ta vie, m'oublier, est-ce que je sais... Mais je n'ai trouvé que tes silences.

— Excuse-moi... Je n'avais plus envie de parler... C'est pas facile, tu sais. Ce village, cette histoire, je ne sais plus où j'en suis.

Il s'est un peu calmé.

— Et moi... Tu crois que je sais ?

Puis brusquement il m'a posé la question qui me taraudait :

— Nadia... Tu veux pas rentrer à Alger ? Ça s'est calmé, tu sais. On rouvrira la boulangerie. L'Armée islamique du salut a accepté un cessez-le-feu. Bouteflika a été élu et il a annoncé une loi d'amnistie. On commence à avoir moins peur. Les cafés se remplissent en ville, comme avant.

Je le savais. Mon cousin avait un ordinateur, avec Internet qui ramait mais fonctionnait quand même. J'avais eu la même idée, mais le fantôme de mon arrière-grand-père, même si je disais le contraire, patrouillait dans ma tête. Et j'avais envie de savoir. Pas seulement envie. Besoin. Ensuite je rentrerais... Seulement ensuite et pas avant. J'ai essayé de l'expliquer mais c'était difficile. Il me manquait, mais comment justifier qu'un vieux mort me manque encore plus que lui ?

— Tu aimes quelqu'un d'autre, Nadia ? Dis-moi la vérité ? Ça ne tient pas debout ton histoire de grand-père.

— Ça ne tient pas debout, mais je veux savoir. Et j'ai personne, je suis toute seule. Si tu savais comme j'ai personne. J'ai plus ma mère, plus ma grand-mère, pas de frères, pas de sœurs, personne...

— Et moi ? Je suis personne ?

— J'ai plus de famille, Hakim, tu comprends ça ?

Je me suis mise à pleurer. Décidément. Ça devenait une habitude et je détestais ces effusions.

— D'accord, je vais patienter. Mais fais vite. Allez. Bon anniversaire, mon... Je peux te dire « mon amour » ?

— Non, tu ne peux pas, tu le dois, j'en ai besoin... Je t'embrasse Hakim. Je t'embrasse et plus que ça...

Un silence et nous avons raccroché, certains qu'un fil s'était reconnecté. Nos voix s'étaient apaisées. Nous avions parlé comme autrefois, avec le soulagement de nous sentir ensemble, malgré la séparation, la guerre, l'exil, le doute, la lassitude. Nous avions rendez-vous au prochain orage ou la prochaine éclaircie, mais rendez-vous. J'ai su dès cet instant que je rentrerais dans mon pays, mon seul pays, mais pas avant d'avoir découvert l'autre, ma seule histoire, et l'avoir emporté dans mes bagages. Comme les enfants adoptés, je devais réconcilier ma famille adoptive, l'Algérie, et mon berceau génétique, la Vendée. Marier mes deux bourreaux, l'islam et la chrétienté, pour m'en débarrasser comme un sac, au fond de la Méditerranée.

La Vendée s'est rebellée. Elle m'a vomie comme elle avait maudit son boulanger républicain. Cousin Jacques en a eu confirmation en se rendant dès le mardi matin à la mairie, dans le grand bureau où Brossel ressemblait à un poisson perdu dans un bocal trop grand. Étrange duel entre le puissant officiel qui rêvait de se cacher dans un tiroir et le quémandeur, un fauve qui se dressait devant lui.

Il est impressionnant cousin Jacques quand il se met en colère. Il ressemble aux photos de Jean Jaurès à la tribune. C'est là qu'il se déploie dans les campagnes électorales, qu'il a toujours perdues, comme son père, mais qu'il entreprend encore, municipales après municipales, boxeur jamais hors de combat. Brossel contre Brissaud, l'affiche revient tous les six ans depuis le milieu des années 1970. Brossel le catholique, l'homme de la tradition, soutenu par le comte député-maire et par les forces majoritaires dans ce pays, Brissaud qui ne dépasse pas les vingt pour cent mais entretient la flamme de son noyau radical dans des meetings incandescents.

Brossel-Brissaud, ils étaient face à face, devant personne, l'un assis derrière son bureau Napoléon III, la tête rentrée dans les épaules, et l'autre déployé, debout, de l'autre côté de la table, les mains agrippées au rebord.

— Qu'est-ce que c'est que cette histoire, Brossel ? Qu'est-ce que tu magouilles encore ?

— Rien… J'y peux rien… C'est pas moi… C'est la préfecture…

— Arrête un peu, caniche. La préfecture c'est ton patron. Et je sais qui tient ta laisse. Qu'est-ce qu'il a trafiqué avec Nadia Kasmi, le comte Mesnard de Curzon ?

— Ah oui, Nadia Kasmi… C'est vite dit Nadia Kasmi… C'est vite dit…

En prononçant cette phrase, Alphonse Brossel a pris l'air onctueux des lâches qui croient tenir un revolver, mais mon cousin n'a pas relevé, trop emporté et trop occupé à se retenir de le saisir par le col, le tirer par-dessus la table et le gifler comme de la pâte à pain. Brossel s'est rendu compte qu'il en avait trop dit et s'est aussitôt repris, en surarticulant :

— Il y a tout simplement que la préfecture a rejeté la demande de ta… Comment dire… De ta vendeuse… Et qu'elle va devoir partir. Faire sa valise.

— Mais c'est une réfugiée ! Tu le sais bien, Brossel, sa mère a été assassinée, c'est pour ça qu'elle est venue chercher du travail en France. Et toi, le maire, tu peux pas témoigner qu'elle travaille et qu'elle s'est intégrée, non ? Tu peux pas ? Tu pouvais pas soutenir sa demande, au lieu de trembler sur ta chaise… ?

— Je n'y peux rien, moi. Je suis juste un petit maire… Juste un employé aux écritures…

— Et au nom de quoi, ils ont rejeté sa demande ?

— Est-ce que je sais, moi… Je sais bien que tu rêves de prendre ma place, mais tu verras, si ça t'arrive. Le maire de Fleurdécieux c'est pas grand-chose. Trois fois rien. Et si le préfet décide que Nadia… comment dis-tu, déjà ?… ah oui, Nadia Kasmi… doit faire la malle, Nadia Kasmi fera la malle. Le maire de Fleurdécieux n'a qu'à prendre acte et vérifier que la décision soit respectée. Le courrier ne va pas tarder, j'en aurai le double, après on verra. On fera ça gentiment, hein, Brissaud, gentiment. On n'est pas des sauvages. On va lui laisser le temps, une ou deux semaines, on est courtois à Fleurdécieux. Mais disons qu'en novembre, hélas, elle sera rentrée chez elle. Elle va beaucoup nous manquer.

— C'est ce qu'on verra, Brossel…

Mon cousin n'a pas claqué la porte. Ce genre d'éclat n'efface pas la faiblesse, mais la souligne au contraire. Il s'est simplement repris, a mis sa veste et par la porte entrebâillée, d'une voix presque caressante, a lâché le programme des prochains mois :

— À tout de suite, monsieur le maire sortant. On se retrouvera aux élections…

— À la démocratie, a répondu Brossel dans un sourire, en faisant au revoir avec la main…

J'étais au magasin quand il est revenu, un peu plus pâle que d'ordinaire. Avant qu'il n'ait ouvert la bouche j'ai compris son message. J'allais devoir partir. Être expulsée sans recours alors que mon statut de réfugiée était indiscutable. Je l'avais compris avant même son retour. Les sous-entendus, de moins en moins voilés, si j'ose dire, s'étaient multipliés dès l'ouverture, les uns apitoyés, les autres déployés. La nouvelle de mon départ s'était répandue la veille, beaucoup plus vite que le dimanche, à la supérette, chez le cordonnier, chez le boucher, au café, au tabac, partout où se croisent les gens.

— Il t'a donné la raison ? ai-je demandé à Jacques.

— Non… Ils préparent les élections sans doute… Le renvoi de l'Algérienne est un signal à leur électorat… Je vais aller trouver le comte, c'est lui qui manigance. Ça va pas se passer comme ça. Je vais alerter la presse… On va faire un scandale…

Difficile de tenir une conversation dans une boulangerie. La sonnerie de la porte d'entrée n'arrêtait pas de nous couper la parole. Il fallait servir les clients. Des dizaines et des dizaines de « bonjour », de « ce sera tout ? », de petite monnaie que l'on échange. De toute manière je n'étais pas bouleversée. Depuis la veille j'étais même rassérénée. Mes retrouvailles téléphoniques avec Hakim m'avaient rappelé à qui j'appartenais, même si je déteste le mot « appartenir ». Je ne suis à personne et personne n'est à moi, mais l'appartenance à un pays ou à un homme est une étrange alchimie. On dit « mon homme » ou « mon pays » et on ne les possède pas. « Mon pays » n'est pas mon bien, mais celui auquel j'appartiens. Et « mon homme » n'est pas à moi, mais il partage ma vie et le reste…

— J'ai des amis. Des dizaines et des dizaines, des centaines, ils votent pour moi à toutes les élections, a insisté Jacques. On va organiser une manifestation

— Te fais pas d'illusion, cousin… Ça dépassera pas le village… Ça n'intéressera personne. La souffrance des Algériens ça n'intéresse personne en France. La France, elle se sent coupable à cause de la colonisation et de ce qu'elle a fait pendant la guerre d'indépendance, alors elle regarde ses chaussures quand il s'y passe des horreurs ou des abus. Quand Ben Ali se fait élire à 90 % en Tunisie ça fait rigoler tout le monde, mais quand Bouteflika, le candidat de l'armée, fait le même score à Alger, alors là c'est la démocratie. Et quand on assassine des musulmans en Bosnie, Bernard-Henri Lévy s'indigne et signe des pétitions, mais quand des fanatiques égorgent ma mère en Algérie, alors là on fait le canard, on est tout miel, salamalec, il faut comprendre, c'est compliqué, on peut pas juger, etc. Tu crois que tu vas faire un scandale avec ton Algérienne renvoyée dans son pays ? Je vais rentrer et puis c'est tout…

— Tu n'as pas le droit, Nadia. On va se battre…

Il a prononcé ces mots, mais en baissant la tête et les épaules. Je ne savais pas encore pourquoi, mais l'idée de mon départ le bouleversait à la première personne.

Comme si ce qui se jouait pour moi se jouait aussi pour lui.

— Tu ne peux pas partir comme ça. Je ne veux pas que tu t'en ailles. Tu es chez toi ici, autant que Brossel, le comte et les autres. Tu ne sais pas tout. Je ne t'ai pas encore tout raconté. L'histoire d'Henri Brissaud ça fait cent ans qu'elle dure et j'en ai marre de la porter.

Il avait l'air très malheureux. Je l'ai pris par le bras. Comme un papa.

— Tu auras le temps, cousin, l'histoire de mon arrière-grand-père tu vas pas mettre un mois à la finir. Je ne suis pas encore partie. On s'y met dès ce soir, si tu veux. On ne va pas se battre contre des moulins à vent. Je sais bien que les moulins du haut bocage ce n'est pas rien, mais bon. Ne t'inquiète pas. Tu m'as déjà tellement aidée. Et l'Algérie me manque, tu sais.

Il n'a pas répondu, mais je l'ai entendu maugréer derrière la porte de son fournil.

— Ça ne se passera pas comme ça…

6

Vers 15 heures ce mardi, juste après l'ouverture, au moment où le magasin est le plus souvent désert, j'ai vu arriver Deux-en-un, le beau clerc de notaire. Il longeait le mur de la rue Duguesclin, dégaine à la Pierre Richard, encore plus fébrile que d'ordinaire. J'ai pensé qu'il allait me déclarer sa flamme, ou carrément me demander en mariage. Quand il a ouvert la bouche, après une longue respiration, j'ai gentiment éludé :

— Une baguette au levain, comme d'habitude ?

— Vous me faites rougir…

Il a souri de sa denture parfaite, et ses yeux magnifiques, presque verts, ont laissé échapper une lueur d'amusement, chassée par une espèce de lassitude, mêlée d'exaspération. L'air d'en avoir beaucoup bavé et de ne plus le supporter.

— Il faut que je vous voie, mademoiselle Nadia.

J'ai essayé de le détendre et de le garder à distance.

— Mais vous me voyez, monsieur, je suis en face de vous. Et ne me dites pas que je suis transparente !

Il a rougi en se tortillant.

— Non, c'est pas ça… Il faut que je vous voie, euh… en tête-à-tête, et pas ici. J'ai quelque chose à vous dire, d'important, que vous devez savoir…

Persuadée qu'il souffrait du mal d'amour, j'ai sans doute été brutale. D'autant plus définitive que, dans les messes basses de Fleurdécieux, depuis des mois, ce jeune homme décalé m'apportait comme un soulagement, voire une complicité. Un réconfort d'exilé, en quelque sorte. Nous nous sentions moins seuls avec nos apartés furtifs, moi venue d'un outre-mer extraverti et contrainte aux chuchotements sans cris de Fleurdécieux, lui né sur ces terres mais qui semblait étranger à leur vie. L'exil ne se mesure pas au nombre de kilomètres, mais à l'absence que l'on porte en soi.

— C'est très gentil, monsieur le clerc de notaire, mais j'ai ce qu'il faut à la maison, sur les hauteurs d'Alger. Et comme je vais rentrer bientôt et que nous allons nous marier, merci de votre invitation…

— Justement, justement… Écoutez. Je vous appellerai ce soir, après la fermeture… Je vous assure… Je dois y aller… Soyez discrète…

Il s'est perdu dans un embrouillamini de mots à moitié avalés et de phrases en suspens, a glissé sur le bord du trottoir et a repris la rue Duguesclin qui ne mène pas directement à l'étude de son patron, comme s'il faisait un détour pour éviter d'être vu. Je suis restée perplexe. Que voulait dire son « justement, justement » ? Que le temps nous était compté et qu'il voulait en profiter pour sauter sur l'occasion, merci pour moi, en négligeant les interdits ? Cette hardiesse n'était pas vraiment son genre. Intriguée et un peu troublée, je l'avoue, il est si joli garçon et je n'ai pas approché un homme depuis l'année dernière, j'ai attendu son appel en songeant à celui d'Hakim, la veille, et en ne sachant plus si je devais donner suite ou couper court. Indécise et me sentant un peu coupable, j'en ai glissé un mot à cousin Jacques, qui a souri d'un air entendu :

— Au point où nous en sommes, tu ne risques pas grand-chose. Au pire tu t'amuseras. Vas-y…

Je me suis maquillée, ai mis une pointe de rouge à lèvres, et j'ai refait des gestes que j'avais oubliés. Replacer une mèche derrière mon oreille, arranger un sourcil, me regarder dans le miroir, de trois quarts puis de face, me sourire et me trouver « pas mal » pour aller danser en ville… La mort de ma mère, l'hébétude, le cercueil, les obsèques, le retour dans sa maison, ses placards, ses chaussures, ses vêtements, Hakim comme un grand frère et plus comme un amant, les billets, les appels de détresse en Vendée, l'avion, la fuite, je n'étais pas sortie d'une espèce de coma. J'avais vécu en pilotage automatique, entre le mal du pays, le chagrin, les réflexes à la boulangerie, le savoir-vivre à Fleurdécieux, la gentillesse de Jacques et d'Élisabeth et l'ombre grandissante de l'aïeul Henri Brissaud. Je m'étais endormie et je me réveillais façon Belle au bois dormant, sous une pluie de princes plus ou moins charmants : la perspective de mon expulsion prochaine, les mots d'amour au téléphone, avec Hakim, et maintenant, comme un trop-plein de désirs, ce rendez-vous d'urgence avec une gravure de mode dont je ne connaissais même pas le nom. Ce Deux-en-un qui déteignait sur moi et me faisait répéter, pendant que j'estompais un nuage de poudre à ma pommette : « Mais ça va pas ? Mais tu es folle ? Je n'irai pas, un point c'est tout ! »

Le téléphone a sonné et j'ai décroché. Dans le combiné, Deux-en-un m'a encore exaspérée à force de bafouiller, de s'excuser et de m'expliquer que nous irions dîner à La Roche-sur-Yon pour ne pas être vus, si je voulais bien, et qu'il passerait me chercher dans la ruelle, derrière la boulangerie, à la maison, avec sa Twingo bleue. Au moment du départ, Jacques a sifflé d'admiration en regardant mes chaussures à talons et m'a demandé d'appeler, même dans la nuit, si je ne rentrais pas, car dans ce cas Élisabeth ouvrirait le magasin. J'ai haussé les épaules. Son rire crétin de papy attendri m'a donné envie de le battre et m'a convaincue d'arrêter cette comédie grotesque, de m'enfermer dans ma chambre en avalant un somnifère. Mais j'ai tourné le loquet dès que j'ai entendu le moteur.

Assise dans la voiture, je me suis sentie stupide avec ma jupe et mes escarpins du samedi soir. Il n'avait ni la tête ni l'élégance d'une virée des grands ducs. Plutôt le genre préoccupé d'un généalogiste à peine sorti d'un vieux grimoire. Pas coiffé, une mèche tombant sur le front, un épi à l'arrière de la tête, le vieux pull avachi qu'il portait l'après-midi, et des lunettes car il voyait mal la nuit, or la route était dangereuse, étroite et en lacets pendant plusieurs kilomètres. Un type à l'abandon et pourtant tellement beau. Mais s'il y avait fantasme, ai-je pensé quand nous nous sommes engagés dans la nuit noire, il n'était que dans ma tête. Il a mis de la musique, un vieux jazz du bout de la nuit, alors que nous étions au commencement, s'est encore excusé de cette précipitation et a répété qu'il se permettait « tout ça » car il avait des choses à m'apprendre, des choses graves… Personne ne devait savoir d'où me venaient les informations qu'il allait me révéler. En tirant sur ma jupe pour cacher mes genoux, chaque fois qu'il approchait la main de son changement de vitesse, je lui ai demandé de quoi il s'agissait. Il m'a dit que c'était trop compliqué, toute une histoire, et qu'il préférait attendre que nous soyons au restaurant.

Les soixante-dix kilomètres entre Fleurdécieux et La Roche-sur-Yon m'ont semblé interminables et crispants, dans l'alternance des pleins phares et des codes, depuis les virages du haut bocage jusqu'à la voie express, à combler les silences, la météo, les bordures dangereuses, Nat King Cole, Lionel Jospin, Jacques Chirac, l'an 2000 qui arrivait, les municipales de 2001, mes impressions sur les gens du village, le vin d'honneur où j'avais vexé le comte, ce qui l'avait amusé. J'ai fini par m'impatienter :

— Mais qu'est-ce que vous voulez, à la fin, monsieur le clerc de notaire ? À quoi riment tous ces mystères ? On est là, dans votre auto, il fait nuit, vous m'annoncez que vous allez me dire des choses et vous ne dites rien tout. Vous voulez quoi, en fin de compte ? Me culbuter dans les fourrés ?

Il s'est alors rebellé, et là, sans bégayer, m'a parlé comme une mitrailleuse, d'un ton qui n'admettait pas la réplique :

— Nadia, s'il vous plaît, ne soyez pas méchante, cela vous rend stupide. Vous êtes belle, c'est vrai, et vous me plaisez, vous le savez bien, mais si j'avais projeté une virée sentimentale je m'y serais pris autrement.

— Est-ce que vous réalisez ? Je ne connais même pas votre nom et je suis là, avec vous, comme si nous étions amants.

Ce mot l'a touché au vif. Il s'est gratté la gorge, a balancé la tête, serré puis desserré plusieurs fois son volant.

— Bon… On ne va plus faire de manières. Oui, Nadia, vous tenir dans mes bras j'en rêve des nuits entières. Ça m'empêche même de dormir. Depuis le vin d'honneur je ne pense qu'à ça. À vos jambes si vous voulez savoir, à vos mains, à votre cou. Vous êtes contente ? Ça vous suffit ? Alors écoutez-moi et cessez de faire la coquette. Je ne suis pas là pour vous ce soir… Quant à savoir comment je m'appelle, adressez-vous à vous-même. Si vous ignorez mon nom c'est que vous ne me l'avez jamais demandé. Je m'appelle Edmond. Pas très sexy, je sais, mais je fais avec... C'est toujours mieux que Deux-en-un, vous ne trouvez pas ?

J'ai éclaté de rire :

— » Deux ans un », mais d'où ça vient ce drôle de nom ?

— Encore une longue histoire... Ici, en Vendée, toutes les histoires sont longues. Plus longues que la vie des hommes. Elles plongent dans les siècles et les siècles, comme disent les curés. Le temps dure plus longtemps qu'ailleurs, il fait de l'usage, comme les chaussures d'autrefois que l'on gardait toute la vie...

On l'appelait « Deux-en-un » parce qu'à la mort de ses parents, il avait été recueilli par Charles Mesnard de Curzon et qu'en l'acceptant sous son toit, le comte avait fait coup double. Un enfant et un pactole. Conformément aux volontés enregistrées par le notaire Auguste Grignon, il avait noblement accepté de s'occuper de cet enfant unique, alors âgé de dix ans, ainsi que de l'héritage que le père avait légué. Une charge d'âme doublée d'une belle affaire : le père d'Edmond disposait d'une ferme, de plusieurs prairies, de troupeaux et d'un bas de laine avantageux. De Saint-Pierre-Mont-Marceau à Fleurdécieux, on avait ricané de cette manne providentielle, d'autant que le comte n'en était pas à sa première donation avantageuse. Mais on avait ri sous cape, car le maître était le maître et on doit le respecter. C'est le petit garçon qui fit les frais de l'ironie publique en devenant le symbole de la bonne fortune de son parrain. À l'école, à la messe, dans les commérages de rue, « Deux-en-un » représenta le paquet cadeau que l'on jalousait en douce. Puis le temps avait fait son œuvre, on avait oublié la succession et le surnom était resté.

La Roche-sur-Yon n'est pas une ville française classique, dont le cœur serait construit au fil des siècles par le génie des hommes et du hasard, dans un entrelacs de rues et de venelles. On dirait plutôt une ville américaine, en avenues rectilignes et carrefours à angles droits. « Encore une exception vendéenne », m'a expliqué Edmond, tandis que nous quittions l'obscurité dans laquelle il m'avait raconté son malheur, son surnom, son parrain, pour entrer dans la clarté de l'éclairage public. Il a garé sa voiture non loin du restaurant, la nuit était humide, la circulation peu dense, mais l'odeur du trottoir m'a ramenée à moi-même : la rue, le macadam, l'agitation du jour, un restant d'essence dans l'air, je m'étais déshabituée de l'odeur des métropoles. Qu'en serait-il quand je retrouverais Alger qui exhalait la vie par tous les pores, à vous donner des désirs vingt fois par jour, et parfois des dégoûts ?

Aller et retour entre la parenthèse d'ici, qui se refermerait bientôt, et mon volcan d'Alger, qui m'attirait comme une éruption, en me faisant peur, tandis que la voix d'Edmond me ramenait à Napoléon. Car La Roche-sur-Yon s'appelait à l'origine Napoléon-Vendée et fut construite à partir de rien, sur décision de l'Empereur, pour contrôler cette Vendée incontrôlable et tenter d'y ramener le calme, sinon la paix. Une ville nouvelle comme un pansement sur des plaies séculaires, pour faire le pont entre la France d'après Révolution et le royaume de droit divin qui ne voulait pas rendre les armes…

Nous nous sommes assis dans un joli restaurant, avec des nappes et des chandelles, et comme la flamme des bougies aiguise les regards, y compris les plus ternes, les yeux d'Edmond se sont mis à briller d'un éclat fascinant, tandis qu'il regardait le plafond, alternant la tristesse et l'enthousiasme, la naïveté et la révolte. Fidèle à sa timidité, il parlait sans oser me regarder, mais au fil de son récit sa voix se durcissait.

Le comte Charles Mesnard de Curzon, il s'en méfiait depuis des années. Il n'avait jamais aimé sa manière méprisante de lui rappeler sa condition, et le secours qu'il apportait depuis la mort de ses parents. Il détestait le dédain bienveillant que son tuteur vouait à ce qu'il appelait les « fariboles » de son père. Quand Edmond était petit, son père, expert-comptable de formation, assurait la gestion des biens du comte tout en s'occupant du domaine hérité de ses parents. Un drôle de type tombé dans la comptabilité comme l'albatros de Baudelaire sur le pont d'un bateau. Il assurait comme personne l'alignement de ses colonnes de chiffres, mais lisait Blaise Cendrars à la maison, Henry de Monfreid, Pierre Loti, et récitait par cœur *Le Bateau ivre* d'Arthur Rimbaud. En été, il partait faire du voilier au large de Pornic, avec sa femme et leur fils, et dans la mémoire du petit garçon le souvenir de ce père légendaire, torse nu, rayonnant à la barre, restait le symbole du désespoir et du bonheur. Le bonheur absolu des années lumineuses et le désespoir jamais guéri de leur engloutissement.

À l'approche de ses quarante-cinq ans, le père d'Edmond s'était dit, comme tant d'autres, que c'était « maintenant ou jamais ». Il avait confié ses terres et ses troupeaux à son métayer, son fils à la famille de celui-ci, qui habitait dans une dépendance de la ferme, avait laissé une lettre dans laquelle il promettait à Edmond qu'il reviendrait bientôt, demandé un congé au comte et il était parti sur son bateau, avec sa femme, pour faire le tour du monde. Au large du golfe de Gascogne une tempête avait retourné leur voilier. La mer n'avait jamais rendu les corps.

C'est ainsi qu'Edmond s'était retrouvé chez le comte, tout seul, son père ayant laissé un testament enregistré à l'étude de Me Grignon. À sa majorité, le jeune homme avait réclamé le domaine agricole et l'argent géré en son nom, mais le comte s'était fait sirupeux, admettant le principe de cette restitution, mais assurant qu'il serait préférable, jusqu'à la fin des études d'Edmond, que la gestion de sa « petite fortune » soit assurée par son bienfaiteur : « Tu me fais confiance, Edmond, n'est-ce pas ? » En échange, il lui accorderait toutes les pensions possibles. Edmond avait bien compris que Charles Mesnard de Curzon était prêt à quelques concessions d'argent, mais entendait garder les terres qui élargissaient son domaine et son emprise sur le pays.

Il n'avait pas osé dire non. Avait courbé la tête. C'est difficile, quand on a dix-huit ans, de s'opposer à un homme autoritaire, comte, maire, député, et qui se pose en protecteur. L'engrenage n'allait plus s'arrêter. À la fin de ses études, le tuteur l'avait placé chez Grignon, puis s'était mis en tête de lui faire épouser la fille du notaire, en promettant qu'il lui remettrait « naturellement » son héritage au soir des noces, comme une dot en quelque sorte.

Edmond en était resté là jusqu'à ces derniers jours, à ruminer son mal-être, emprisonné dans la toile d'araignée de son protecteur, de sa timidité et de l'absence de caractère qu'il se reprochait chaque matin, en se rasant. Il ne supportait pas Grignon, qu'il prenait pour un escroc, n'imaginait pas une seule seconde d'épouser sa fille et éprouvait une folle envie d'échapper à l'emprise du comte.

C'est alors qu'il avait surpris ce fameux coup de téléphone à mon propos, et ce qu'il avait entendu l'avait jeté dans un mélange de vertige et de fureur, vis-à-vis de lui-même, de ses parents, mais aussi et surtout du fameux testament.

Me Grignon était dans son bureau. Edmond avait perçu l'essentiel de la conversation par la porte fermée, malgré la garniture pompeuse censée garantir l'étanchéité sonore. Ses exclamations étaient d'autant moins discrètes que le notaire, emporté par l'émotion, les retenait de moins en moins. Après avoir décroché, il avait dit « bonjour, monsieur le comte », puis avait écouté pendant une bonne minute, et la rafale d'interjections avait empli la salle et le bureau voisin : « Quoi ? Qui ? Cet imbécile de Brossel ? Il est sûr de ce qu'il a vu ? » L'échange était facile à reconstituer. Par habitude professionnelle, Grignon répétait les phrases de ses interlocuteurs avant de les consigner par écrit.

L'objet de sa surprise ? À la préfecture, Alphonse Brossel avait vu passer ma demande de carte de séjour, en tant que réfugiée. Il avait parcouru les premières lignes. Rien de particulier : mon nom, Kasmi, mon prénom, Nadia. Puis il avait examiné la copie du livret de famille de mes parents. Mon père, fils de Mustapha Kasmi et Aïcha Kasmi, née Oufella, et ma mère, fille d'Ali Chibani et Henriette Chibani, née Brissaud… Henriette née Brissaud ! Il lut et relut, se leva, alla vers la fenêtre, but un verre d'eau, revint s'asseoir, prit le téléphone, le reposa, revérifia les noms, puis reprit le combiné et composa un numéro…

— Monsieur le comte… monsieur le comte…

Stupeur à Fleurdécieux. L'innocente Algérienne embauchée par cette grande âme de Jacques Brissaud, toujours prompt à secourir la veuve et l'orphelin, était sa lointaine cousine. Ce n'est pas Nadia la boulangère que le village avait accueillie. C'est Henri, le boulanger du Diable, qui était revenu !

Voilà ce que voulait m'apprendre Edmond. Mais l'affaire ne s'arrêtait pas là. Mon histoire faisait écho à d'autres, des affaires qu'il ne comprenait pas, ou pas encore, mais qui, peut-être, remontaient jusqu'à lui-même. La révélation de mon identité avait provoqué trop d'émotion chez le notaire et le comte pour se suffire à elle-même. Aucune raison ne justifiait leur affolement : certes, l'histoire du boulanger Brissaud avait marqué profondément la mémoire du village, mais elle avait presque cent ans. Affaire classée.

Et pourtant elle renaissait. Le clerc voyait un lien avec sa propre histoire. Si le suicide d'un boulanger républicain dans un village royaliste, après la loi de 1905, suivi du départ de sa compagne, n'avait rien à voir avec la mort accidentelle de ses parents, un point commun les rapprochait : il y avait ces héritages. Chaque fois des décisions étranges, contradictoires avec les choix, la vie, le caractère des disparus.

Il n'était sûr de rien, ne disposait d'aucune preuve, ni même d'aucun indice, mais il était porté par une intime conviction. Ce sentiment, il me le confiait en s'enflammant, ce qui le rendait encore plus beau, et me demandait de le garder pour moi, comme un secret dangereux. Il allait fouiller partout, explorer de fond en comble les archives de son patron, et la moindre indiscrétion compromettrait ses recherches, en attirant les soupçons. Voilà la raison de ce rendez-vous nocturne et du dîner loin du village. Même cousin Jacques ne devait pas savoir. Je pourrais lui en raconter un peu, comment Brossel avait trouvé ma véritable identité, mais rien de plus. Cette confiance m'a rendue songeuse. J'ai haussé les épaules :

— Ne vous fatiguez pas, Edmond... Je vais partir. Pas seulement parce que vos deux zozos veulent m'expulser. Je l'ai décidé moi-même. J'ai un fiancé à Alger, vous le savez, et on va se marier bientôt

Il a paru contrarié, presque en colère.

— Décidément, Nadia, vous ne comprendrez jamais rien et vous mélangez tout. Ce que je fais, je le fais pour moi, pas pour vous. Nous sommes dans la même galère, c'est tout, vous avec votre arrière-grand-père, moi avec mes parents. Mais vous en revenez à vous, à vous, toujours à vous. À vous et à moi. À moi qui aimerais bien. Oui, j'aimerais bien, je vous l'ai dit dans la voiture. Mais j'ai compris. Votre vie est ailleurs. Pourquoi me le répéter. Je vais finir par croire que vous n'en êtes pas sûre.

En disant cela, il a posé sa main sur la mienne, par-dessus la table, et je ne l'ai pas retirée. Ou pas tout de suite. J'ai fini par la reprendre, à regret, en contemplant mon assiette.

— J'y penserais si les choses étaient différentes, me suis-je excusée. Mais elles sont comme elles sont. Allez... On ne va pas tout mélanger, comme vous dites... Continuez à me raconter. Donc Grignon était au téléphone et le comte était au bout du fil...

— On peut peut-être se tutoyer, Nadia ?

— D'accord, Edmond, on se tutoie.

Nous nous sommes souri, avons rempli nos verres de vin et nous avons trinqué, les yeux dans les yeux.

Edmond ressemblait à son père, dont il m'a montré la photo. Mêmes traits, même caractère. Même désir de voir le monde, partir, embarquer sur un cargo. « Emmenez-moi », comme chantait Aznavour. Il n'aimait pas son tuteur, cet aristo à l'ancienne, confit dans des vanités qu'il nommait pompeusement « la tradition ». Il se réveillait en pleine nuit, s'interrogeait jusqu'au vertige : comment son père, ce héros, avait-il pu le confier, lui et sa petite fortune, à un homme dont il disait du mal à la maison ? Un notable au front bas, dénonçait-il devant sa femme, un vaniteux dont l'avarice n'avait d'égal que le goût pour les titres, les médailles, les breloques, mais qui tenait la région ? Et si le testament enregistré par Grignon n'était pas authentique ? Et s'il n'avait jamais existé ? Et si les deux complices avaient fabriqué un faux ? Ces mystères, ces fantasmagories peut-être, le tenaient éveillé jusqu'à l'aube, depuis la sortie de l'enfance. Il les chassait en se disant que ses doutes étaient absurdes, mais ils revenaient quand même, tournoyant comme des mouches.

Devenu clerc, il avait fouillé dans les archives et retrouvé l'original du testament. Déception : c'était bien l'écriture de son père, le document était conforme au récit du comte. Cette preuve irréfutable de ses égarements ne l'avait pas apaisé. Il contemplait la photo de ses parents, conquérants sur leur bateau, juste avant leur départ, puis dévisageait le comte au bout de la longue table, au dîner, et se répétait : « C'est pas possible, c'est pas possible... » Le comte lui demandait :

— Pourquoi tu me regardes comme ça ?

Il répondait en secouant la tête :

— Pour rien... Je pensais à autre chose.

La suite de l'échange téléphonique entre le notaire et son tuteur l'avait bouleversé. Jeté dans une extrême exaltation, comme s'il était Christophe Colomb et venait de découvrir les Amériques : « Je le savais bien, je n'étais pas fou... », s'était-il répété jusqu'au soir, convaincu d'avoir trouvé la clé.

— Vous avez raison, monsieur le comte, on ne peut pas laisser faire... Oui, oui, c'est trop dangereux... On ne sait jamais... Vous dites ? Bien sûr, Bien sûr, c'est de l'histoire ancienne. Cent ans après, vous rigolez... Mais bon... Vous savez bien. Il y a la suite, et là... Bon... On se comprend... Prudence... Ça doit rester entre nous... Vous avez une idée ?... L'éloigner ?... Ah oui, oui, très bien... C'est ça, appelez le préfet. Appelez ! Faut qu'elle décampe avant que ça brûle... On va prévenir Brossel, vous avez raison. Ce crétin serait fichu de se laisser fléchir, c'est un sentimental. Faut dire qu'elle est jolie, la petite Arabe, hé ! hé !... Très bien. J'attends de vos nouvelles. À tout de suite, monsieur le comte...

7

Sur le chemin du retour, sous le ciel sans lune, j'avais trois certitudes. Un, j'aurais bien fini la nuit avec Edmond. Cette soirée, et nos hésitations en sortant du restaurant, nous embrasser ou monter dans la voiture, puis nous asseoir à regret, sans un mot mais le cœur à cent à l'heure, je ne la raconterai pas à Hakim. Ou pas tout de suite. Deux, j'allais partir, et ce n'était pas de la sagesse. Je m'enfuirais d'ici comme j'avais quitté Alger la folle. La même peur et le même dégoût d'une certaine humanité, occupée à couvrir ses trafics misérables, ou ses grands crimes, sous le voile du Très-Haut. Trois, je ne partirai pas sans savoir. Je trouverai ce qui affole le châtelain, le notaire et le maire. Je connaîtrai le destin du boulanger de 1905, même s'il y a prescription.

Dès le soir, je demanderais à Jacques de me raconter tout ce qu'il sait, et si le fin mot lui échappait, nous le découvririons ensemble. J'avais le pressentiment qu'il me cachait certaines choses et qu'il en ignorait d'autres. Il les cherchait à ma manière, en y pensant sans y penser. Peut-être m'avait-il même accueilli sans hésiter, dès que j'avais appelé d'Alger après l'assassinat de ma mère, parce que ma présence le soulageait. Depuis un an ou presque, il oscillait entre l'envie – le besoin – de me dire la vérité sur l'histoire d'Henri Brissaud et la crainte que le village apprenne cette autre vérité, aveuglante et dérangeante : j'étais sa descendante. Eh oui, chacun son aristocratie, l'autre imbécile dans son château, moi dans ma boulangerie.

À toute petite vitesse pour ne pas réveiller le village, Edmond m'a laissée vers 2 heures du matin, l'air malheureux mais farouche.

— Que tu partes ou non, je vais retourner la terre entière, Nadia. Et quand j'aurai trouvé je te le ferai savoir. Ça te fera un souvenir de moi. Bonne nuit…

— Je vais partir, Edmond, tu le sais bien, que je le regrette ou pas. On n'a pas le choix. Allez, va-t'en… Tu vas réveiller tout le monde. On se tient au courant.

Il s'est penché par-dessus le volant et m'a embrassée doucement, en me prenant le visage entre ses mains. J'ai fermé les yeux. Rideau.

Dans son fournil, Jacques était déjà debout, à préparer sa pâte. Il est venu vers moi, en m'adressant un sourire et un clin d'œil. J'étais trop lasse pour m'agacer.

— Je te raconterai demain, cousin…

Il a compris son indiscrétion, a levé le pouce et s'est remis au travail. Trois heures plus tard, la sonnerie du réveil, et dès 7 heures le rituel des « bonjour », « bonne journée », « je n'ai pas de monnaie », « il est tout chaud », le tout dans la merveilleuse odeur des croissants et des brioches. Les premiers clients pressés, puis dans la matinée, à partir de 9 heures, ceux qui disposent de leur temps et me questionnent en passant, comme les jours précédents, mais de plus en plus ouvertement.

— Alors, contente de retourner au pays ?

— Contente ? Mais pourquoi cette question ? Vous êtes bien informée ! Je n'ai pas encore reçu l'avis de la préfecture…

— Oh, vous savez… Les nouvelles vont vite dans le village.

— Ah oui, le téléphone arabe…

Drôle de tête et au suivant !

Vers midi, le facteur est passé. Lettre recommandée. « Madame, compte tenu des éléments en notre possession, nous avons le regret », etc. Nous étions mercredi : « Les salauds, ils n'ont pas tardé », ai-je pensé tout bas, face à cousin Jacques qui me regardait pour vérifier, mâchoire serrée.

Le soir, il a repris l'histoire qu'il avait interrompue quelques jours auparavant, quand il m'avait trouvée en larmes au cimetière et que nous pensions avoir le temps. Le boulanger Henri Brissaud, installé de père en fils depuis 1794 à Fleurdécieux, républicain, laïque en pays royaliste et catholique, à la fois détesté dans le pays pour ses mauvaises fréquentations, notamment celle de Georges Clemenceau, mais aimé quand même pour sa bonté et sa générosité.

Henri Brissaud et Joséphine, sa jeune compagne, qu'il n'avait même pas mariée. Une belle femme rencontrée au cours des émeutes de 1903, quand le petit père Combes avait viré les moines de leurs couvents, avec perte et fracas. Une passionaria dans un couple fusionnel, qui se moquait du curé, toujours une plaisanterie quand il venait acheter son pain (« Le corps du Christ ne vaut pas cher à Fleurdécieux, n'est-ce pas, mon père ? »), mais allait quand même à la messe, sans communier.

La boulangerie, en ce temps-là, c'était comme le bar de l'Assemblée nationale où les ennemis se rencontrent et se souhaitent la bonne santé, en levant le verre. Le *no man's land* où la trêve était de mise. Ça n'empêchait pas les séances officielles de tourner à la rixe au conseil municipal, à l'été 1905, pendant l'examen de la loi sur la séparation des Églises et de l'État.

Le boulanger était prospère. Il ne se contentait pas de préparer son pain, de le cuire et de le vendre au kilo. Au fil des années, ses ancêtres avaient acheté des terres, élevé des troupeaux, bâti un petit « hôtel des Voyageurs », quelques chambres sur la Grand-Rue. Il faisait prospérer les richesses dont il avait hérité, comme les bourgeois qu'il détestait. On disait déjà de lui qu'il avait le cœur à gauche et le portefeuille à droite.

À l'époque le fournil n'était pas rattaché au magasin. Les paniers pleins de pain chaud croisaient à l'aube les vaches qui sortaient de l'étable attenante. Tandis que les hommes en casquette et moustaches se rendaient dans les champs du « maître » pour travailler sa terre, les odeurs se mélangeaient, brioche et bouse, au milieu des beuglements, des aboiements et des ordres des bergers. Dès le milieu de la matinée, les femmes et les enfants ramassaient les bouses qui jonchaient la terre des rues et recommenceraient le soir, quand les bêtes seraient rentrées.

— C'était une autre Vendée, au bout d'une autre France, s'était enflammé cousin Jacques, décidément lyrique.

— Tu me l'as dit la semaine dernière, cousin… Le pays, tu me l'as déjà raconté. On n'a plus le temps. Parle-moi plutôt du grand-père…

Il a souri, comme Edmond, et a même posé sa main sur la mienne, devant le feu, mais j'ai préféré celle de la veille et chassé cette pensée.

Il faut imaginer le climat dans ce concentré de France. La République était toute jeune, un peu plus de trente ans, le pays royaliste et catholique était entré en résistance, le combat passionnel de ses franges les plus virulentes avait accouché de la fétide affaire Dreyfus et libéré un antisémitisme dont l'expression brutale avait pignon sur rue, amplifiée par de puissants journaux. C'est dans ce climat que le gouvernement avait décidé d'en finir avec la confusion de la puissance publique et du pouvoir des religieux. Il fallait avoir la volonté chevillée au corps, dans cette ambiance de guerre civile. L'Église catholique romaine se débattait comme un animal blessé, parfois prête à la violence pour maintenir son influence.

Cousin Jacques, héritier de ces combats, mais d'abord écorché vif car il affrontait encore ces forces à l'approche des élections, était un puits d'érudition. Il fulminait en replongeant dans l'histoire. Il pouvait citer par cœur les discours des grands orateurs de la loi de 1905. Le député du Var, Maurice Allard, grand bouffeur de curé, qui s'écriait : « Nous avons le droit de ne pas laisser se constituer au milieu de l'État laïque un État religieux, danger véritable quand il est animé, comme l'Église, d'un esprit hostile au progrès, et à toute civilisation »… L'abbé Hippolyte Gayraud, représentant pourtant modéré du courant catholique, lui répondait en levant les yeux au ciel : « N'oubliez pas qu'au-dessus de la loi que vous pouvez faire, il y a la loi de Dieu. »

Je l'écoutais, moi la musulmane athée qui ne connaissais rien à la loi de 1905, sauf l'histoire ténébreuse de mon aïeul Henri Brissaud, et j'étais sidérée. Longtemps après je le demeure, et pire encore. Tant de temps a passé, tant d'eau a coulé dans la Loire, tant de pluies sont tombées sur le bocage, et les crimes que je raconte se sont multipliés dans le monde, partout. J'écris en 2018, ou plutôt je remets au propre le journal que j'ai tenu à mon arrivée en France, à l'approche du XXIe siècle. Cousin Jacques vient de partir, paix à son âme de mangeur de curé, d'imam, de rabbin, et c'est pour lui que je veux laisser ce témoignage. Laisser une chance à la mémoire, face à l'oubli qui l'avale. Le fond de l'air de l'an 2000 sentait déjà le soufre, il est devenu irrespirable… Des bombes avaient sauté dans le métro parisien, en 1995, des commandos massacreraient des gens au Bataclan ou à *Charlie Hebdo*, ou à l'Hyper Cacher de la porte de Vincennes, en 2015.

Mais n'anticipons pas. Toujours la guerre de religion, en pire. À propos de la loi de 1905, que l'on adore aujourd'hui autant qu'on l'a haïe cent ans plus tôt, les masques ont changé d'acteur mais pas le texte. Mettez « islam » à la place de « chrétienté » et la violence des répliques vous rappellera les oraisons d'antan, à la virgule et au mot près, chargées de haine et d'envie d'en découdre.

— Quand je pense que la loi sur la laïcité est aujourd'hui défendue par ceux qui la combattaient et qui ont eu la peau de notre ancêtre, mon sang ne fait qu'un tour, s'énervait mon cousin. Tu ne connais pas la dernière ? Ce calotin de Brossel, appuyé par la clique de Mesnard de Curzon, veut inscrire dans son programme municipal une grande célébration du centenaire de 1905, en 2005 ! Les bras m'en tombent…

Il a repris son souffle en retournant les bûches qui lançaient des flammèches, puis a continué. L'Assemblée nationale et le Sénat avaient finalement adopté la loi, à la veille de l'hiver, le 9 décembre 1905, dans une extrême tension. Contrairement à ce que l'on soutient aujourd'hui, l'État n'était pas neutre dans cette affaire. Il était l'un des deux belligérants d'une guerre de trois cents ans, commencé au Siècle des lumières. Son adversaire n'était pas les religions en général, mais l'une d'elles en particulier, dirigée depuis Rome par un pape qui avait rompu ses relations diplomatiques avec la France et dont les généraux, pardon les évêques, donnaient à leurs soldats, pardon leurs prêtres, des directives de combat.

Cette tension ne se résumait pas aux effets de manche du Parlement. Elle descendait jusqu'au tréfonds du pays, la moindre église, la plus petite paroisse, le hameau le plus perdu, le lieudit oublié, la ferme inaccessible. Le haut bocage vendéen, toujours aux avant-postes d'une résistance que les laïcs appelaient « la réaction », n'était pas loin de ressentir les passions et les angoisses de 1793. Et pourtant nous n'en étions qu'au début. Ce mois de l'Avent, où les chrétiens les plus fervents préparaient un Noël de combat, ne serait rien par rapport aux convulsions de l'hiver 1906 où la foudre s'abattrait sur le boulanger Brissaud, sa compagne, l'enfant qu'ils avaient conçue et la lignée de leur descendance dans laquelle je m'inscris.

Trois jours avant le nouvel an, en application de la loi qui transférait à l'État la propriété des édifices religieux, le gouvernement signait un décret qui deviendrait l'étincelle de ce baril de poudre. Les soixante-dix mille églises, chapelles, monastères de France allaient être inventoriés par des agents de l'État. Cette application de la loi de Séparation fut ressentie comme la première étape d'une expropriation pure et simple. Quand elle fut complétée au mois de février, en plein cœur d'un hiver glacé, par une circulaire autorisant les inspecteurs à ouvrir les tabernacles pour vérifier leur contenu, la hiérarchie religieuse cria au sacrilège, et les croyants les plus fidèles se révoltèrent un peu partout. Dans des centaines de villes et de villages des croyants armés de fourches, de bâtons, de barres de fer, se regroupèrent devant les églises, ou se réfugièrent à l'intérieur, pour les défendre. Des barricades furent dressées, les gendarmes attaqués s'ils s'approchaient. Nantes, Quimper, la Flandre, le Massif central, la Vendée, les émeutes se sont multipliées, parfois sanglantes, comme en Haute-Loire, le 27 février, ou le 6 mars, près de la frontière belge.

C'est dans ce climat survolté qu'un groupe de soldats, conduits par un colonel, fut envoyé à Fleurdécieux pour protéger les agents du fisc qui procéderaient le lendemain à l'inventaire des biens de l'église du village. Ils arrivèrent un mardi et trouvèrent un bourg entièrement déserté. Pas un habitant dans les rues, les magasins fermés, le rempailleur absent, le cordonnier aux champs, la menuiserie silencieuse, la boucherie endormie. Seule boutique encore ouverte, la boulangerie, avec son boulanger et sa boulangère debout devant leur porte, sourire aux lèvres, qui saluaient les soldats.

Les femmes, d'ordinaire occupées à la lessive, aux commissions, ou à ramasser les bouses de vache, étaient cloîtrées dans les maisons. Les écoles, toutes religieuses à Fleurdécieux, avaient renvoyé les enfants chez eux, en fin de matinée, à l'annonce de l'approche des militaires. Quand il n'y avait pas classe, Fleurdécieux était un terrain d'aventure infini pour les petits, avec ses recoins, ses caves, ses escaliers, ses prairies. Le jeudi, jusqu'à trois kilomètres à la ronde, le bourg était saturé de cris joyeux, de hennissements, de cloches de vaches, de caquètements, de miaulements. Mais là, en ce mardi après-midi, épais silence que le cri des animaux rendait encore plus pesant. Les enfants étaient reclus à l'intérieur, comme à la messe, pendant que les hommes s'étaient regroupés dans l'église, autour du père Durand, le curé du village.

Ce prêtre était un meneur d'hommes. Taille haute, rares cheveux tirés en arrière, arcades sourcilières proéminentes, mâchoire carrée. Il avait une manière toute militaire de se tenir droit, comme s'il attendait l'ennemi en le bravant du regard. Un dur de dur dans les combats contre l'État. Son éloquence faisait trembler les Floriciens, le dimanche, quand il montait en chaire pour fustiger les pécheurs. Pendant ces minutes-là, les hommes et les femmes ne levaient pas les yeux, de peur de croiser son regard, ils baissaient pieusement la tête en songeant à leurs mauvaises pensées, jalousie du voisin, appât du gain, désir de la voisine, ou pire encore plaisirs d'amour quand le mari était aux champs.

Il gelait à pierre fendre. Un hiver carnassier, sous un ciel bleu foncé, dans le vent qui mordait. La plus petite parcelle de peau, les doigts, le nez, les oreilles, devenaient brûlants à force de se glacer, un épais nuage de vapeur blanche accompagnait chaque respiration, le talon des chaussures crissait sur les cailloux. Le colonel a demandé à ses hommes de stationner devant la mairie, ce qu'ils ont fait en tapant du pied et en se frottant les mains. Une vingtaine de garçons, tout jeunes, que l'on aurait pris pour des enfants s'ils n'avaient pas porté le pantalon rouge garance, les bottes et le képi des fantassins. Pauvres pioupious aux joues écarlates, attendant leur officier qui suppliait le maire de leur trouver un abri pour passer la nuit sinon au chaud, du moins à l'écart du gel. Mais le maire ne disposait d'aucun local, disait-il avec un visage de confesseur contrit, en ajoutant des « hélas » longs comme le bras. Quant à la population, ajoutait-il, elle était bien trop pauvre, entassée qu'elle était dans ses maisons, pour accueillir des invités.

Henri Brissaud s'était senti lâche quand il avait vu la troupe s'éloigner vers la colline qui surplombe le cimetière. Il possédait assez de granges et assez de foin pour abriter une armée, mais n'osait pas affronter l'hystérie du village et de son curé. La veille encore, sur le parvis de l'église, avec Joséphine, il avait tenté de rassurer les hommes et les femmes qui se rassemblaient. La nouvelle loi ne voulait rien interdire, elle répartissait les rôles : la vie quotidienne, le travail, le pain, l'éducation des enfants, le partage, l'entraide, c'était pour la République et la prière, la foi, les processions, c'était toujours monsieur le curé. L'inventaire de l'église ne prendrait qu'une heure ou deux, puis ses biens seraient confiés à une association et rien ne serait changé. La messe resterait la messe, comme d'habitude. Mais en vain. Les modérés répondaient qu'ils n'avaient pas confiance dans la République. Ils demandaient pourquoi les gens de Paris avaient fait une loi « si c'était pour rien changer ». Et les exaltés, menés par deux ou trois villageois surexcités, en appelaient à protéger la maison du Seigneur.

— Et l'ouverture des tabernacles, c'est pour le bien ou pour la Troisième Répugnante ? Ils vont zieuter l'autel ? Ils vont sucer le calice ? Ils vont bouffer les hosties ? On les laissera pas passer !

Ils criaient en cadence en levant leurs fourches et le mot d'ordre se terminait dans une clameur collective. Joséphine et Henri avaient rebroussé chemin, sous les sifflets. Le soir, pendant qu'ils pesaient le pain, les modérés étaient venus s'excuser en douce :

— C'était pas contre toi, Henri, toi on te croit, mais les autres à Paris, les rupins de la politique… En ce moment c'est difficile au village. Et puis… on peut pas offenser Dieu…

Ils se taisaient en apercevant les meneurs qui surveillaient les allées et venues, prenaient leur pain sans dire bonsoir, longeaient la rue en évitant les charrettes et retrouvaient leur famille.

Le petit groupe de militaires avait planté ses tentes, faute de mieux, coupé du bois et allumé un feu sur lequel cuisait la soupe, pendant qu'ils réchauffaient leurs mains ouvertes au-dessus des flammes. En fermant ses volets, vers 19 heures car il se couchait tôt, Henri avait longuement regardé la pauvre lumière qui se débattait là-haut, courbée par les rafales. Joséphine lui avait pris la taille.

— Henri, on peut pas laisser faire ça. Fermer la fenêtre, se coucher bien au chaud, l'un contre l'autre, pendant qu'ils vont crever là-haut. Ces pauvres gosses ils vont crever cette nuit. Tu as pas vu la fontaine ? Elle est complètement gelée. L'eau n'a pas le temps de couler qu'elle se glace. Va les trouver, dis-leur qu'on a des granges.

— Je peux pas Joséphine. Pas aujourd'hui. Si je fais ça aujourd'hui, adieu la boulangerie. Tu les as vus, ceux du village ? Ils sont devenus fous.

— Et les gosses, tu les vois pas sur la colline, avec leur feu, les pauvres gosses qui vont mourir ?

Le ton était monté. Ils s'étaient disputés, violemment. Très violemment. Lui soutenait que sa boulangerie n'était pas seulement la sienne, mais celle de cinq générations, et qu'il ne pouvait pas, comme ça, démolir cent dix ans de travail et d'efforts. Depuis la Révolution, sous Napoléon, la Restauration, les journées de 48, le deuxième Napoléon, la IIIe République, les Brissaud n'avaient rien lâché sur leurs idées dans un village qui ne lâchait rien sur les siennes, et ils s'étaient maintenus coûte que coûte. Il n'allait pas casser tout ça, pas pour lui mais pour le nom, pour leur combat, pour les idées. Ça n'était pas le moment. Demain ça irait mieux et il aiderait la troupe pour l'inventaire, en calmant les esprits. Mais pas ce soir.

— Demain, ce sera trop tard. Y'a des gosses qui vont geler.

Joséphine avait regardé son homme, l'homme qu'elle aimait, qu'elle trouvait beau et courageux, et quelque chose avait basculé en elle. La rage qu'elle portait contre les riches, les puissants, les Églises, elle l'avait retournée contre lui, et dans ces moments-là elle était terrible, mon arrière-grand-mère ! Elle lui avait craché au visage des choses qu'elle avait regrettées toute sa vie. Je le sais parce que ma grand-mère, sa fille, me l'a parfois raconté.

— Tu vaux pas mieux que le comte, mon pauvre Henri. Tu te prends pour qui ? Tu n'as pas honte ? Tu te prends pour Henri V le descendant de la dynastie des boulangers ? Tu prends tes airs de révolté mais tu n'es qu'un petit-bourgeois. Un parvenu. Tu couves ta petite fortune, bien au chaud, pendant que les gosses vont crever là-haut. Tu veux que je te dise, Henri ? Tu me dégoûtes… Tu me dégoûtes…

Ils n'avaient pas dormi ensemble, cette nuit-là. Ils n'avaient pas dormi du tout, d'ailleurs, chacun de son côté. Il s'était levé encore plus tôt, avait traversé la cour pour se rendre au fournil. Malgré son gros manteau, son bonnet, ses gants, le froid l'avait giflé comme les mots de Joséphine, qui lui couraient dans la tête. Il avait levé les yeux vers la colline, elle était noire. Le feu s'était éteint. Les soldats, ces enfants de la République, devaient dormir sous leur tente. Pourvu qu'ils aient des couvertures. Pourvu qu'ils soient serrés les uns contre les autres, comme font les bêtes. Pourvu qu'ils ne meurent pas. Il était 2 heures du matin. Vers 3 heures, pendant qu'il tournait sa pâte, Henri avait entendu craquer la porte du fournil. Le four commençait à chauffer. C'était Joséphine.

— Je te demande pardon, Henri. Je ne pensais pas ce que j'ai dit. Je me suis affolée. J'ai peur de la nuit.

Elle avait sauté dans ses bras, il l'avait serrée contre lui, en l'embrassant pendant qu'elle pleurait. Plus tard, et tout au long de sa vie, Joséphine s'est demandé si son Henri lui avait vraiment pardonné et si la scène de ce soir-là n'expliquait pas son testament. La pauvre! Elle en parlait encore à la veille de mourir, et moi, cent ans après, j'allais découvrir la vérité et jurer de la venger.

8

D'abord il n'a pas compris. C'est ainsi qu'arrivent les nouvelles lorsqu'on est commerçant. Je l'ai moi-même vécu quand les rumeurs sur mon expulsion ont commencé à se répandre à Fleurdécieux. Elles se dessinent sur le visage de vos clients, par touches imperceptibles. Là, en cette fin février 1906, les gens étaient gênés, même ceux qui la veille avaient levé les fourches. Henri a d'abord cru que la nuit avait porté conseil et que ses compatriotes regrettaient leurs invectives sur le parvis de l'église. En dépit des combats politiques, le boulanger savait que les villageois l'aimaient bien. Sans leur fidélité, il aurait fermé boutique depuis longtemps et le second boulanger du bourg, sur la route de Saint-Pierre-Mont-Marceau, aurait raflé la mise.

C'est une femme qui lui a planté le couteau dans le cœur, pendant qu'il pesait son pain.

— Vous devez nous en vouloir, monsieur Brissaud.

— Oh, ce n'est pas grave… Ce n'est pas la première fois… Vous me chahuterez encore… On n'a pas les mêmes idées, mais on est tous des Floriciens, non ?

Elle l'a regardé fixement, les sourcils froncés.

— Vous ne savez pas ?

— Quoi ?

— Les soldats, sous la tente…

— Quoi ?

— Ben… Les deux morts, cette nuit. Même pas vingt ans. Morts de froid.

Il s'est assis, l'a regardée longuement, sans plus la voir, et quand la femme lui a demandé s'il se sentait bien, il s'est pris la tête dans les mains en murmurant à n'en plus finir : « C'est ma faute, ma vie est foutue, Joséphine avait raison. »

Il a fermé sa boutique, est allé trouver sa compagne, qui a voulu le réconforter mais qu'il a repoussée en criant qu'il était un salaud et que jamais, jamais, il ne pourrait se le pardonner, puis il a couru comme un fou à travers le village, a filé vers la colline, franchi le cimetière, et gagné le campement. Les soldats, hagards, le visage bleu, rendaient les honneurs à leurs deux camarades qui gisaient sur le sol, enrobés dans des couvertures, un drapeau tricolore sur le visage. Une sonnerie a retenti, déchirante, entendue dans tout le canton. Il s'est mis au garde-à-vous, les poings serrés.

Il découvrait que l'Histoire est un soleil d'Icare. Elle est tragique. On se brûle les ailes en l'approchant. Jusqu'alors il l'avait prise pour un jeu de société. La passion politique avait été un divertissement pour lui, comme d'autres ont la passion du jeu. Le goût de la dispute, les affrontements, y compris les plus vifs comme en 1903, quand le petit père Combes avait expulsé les moines, il s'y jetait à corps perdu, mais avec l'idée dilettante que le cours de la vie pourrait reprendre ensuite, intangible.

Après tout, que lui avaient coûté ses engagements ? Des débats passionnés, le sentiment de vivre, des relations extraordinaires, Georges Clemenceau, et surtout l'amour de sa vie, Joséphine, qu'il n'aurait jamais connue s'il n'avait pas combattu les curés. C'est bien simple, ce qui avait échappé à la monotonie des jours, dans le vase clos de Fleurdécieux, il le devait à ça, à la lutte politique, aux prises de parole enflammées, aux rapports de force, aux bastons dont ils rentraient euphoriques, Joséphine et lui, et qui s'achevaient dans des nuits incandescentes, par d'autres corps à corps.

Et soudain ces deux morts, à cause de lui, comme elle l'avait prédit. À la roulette, il avait choisi la case prudence pour ménager la chèvre et le chou, son commerce et ses idées, et il avait perdu. Le résultat gisait à ses pieds, irréparable, tandis que le clairon cédait la place au vent qui hurlait à ses oreilles.

Il est allé voir l'officier et lui a parlé à part, en le prenant par l'épaule ce qui était singulier pour un civil, mais le soldat ne s'en était pas formalisé. Il gardait la tête basse sous son képi, en écoutant le boulanger, une moue à la bouche. Ce que proposait cet homme lui semblait trop romantique. Après le drame de cette nuit, le colonel avait prévu de demander à ses autorités l'autorisation de lever le camp, pour revenir un peu plus tard, quand la météo serait plus clémente. Il devançait au fond ce que déciderait Georges Clemenceau le mois suivant, en devenant président du Conseil et en suspendant les inventaires : « Nous trouvons que la question de savoir si l'on comptera ou ne comptera pas des chandeliers dans une église ne vaut pas une vie humaine. » Mais le boulanger, bouleversé, n'en était pas au compromis. Il insistait, désespérément :

— Pour le froid ne vous inquiétez plus, mon colonel. J'ai ce qu'il vous faut. Mes granges sont à vous. Vos hommes dormiront au chaud. On va pas les laisser…

Il s'était interrompu, gagné par un sanglot, sans savoir s'il pleurait sur les soldats morts ou sur lui-même, et si sa proposition n'était pas une façon d'échapper à sa lâcheté. Au lieu d'ouvrir sa porte, comme Joséphine le lui avait demandé, il avait fermé sa fenêtre et voulait remonter le temps. À défaut de réparer, au moins honorer les victimes. Se sentir un peu moins seul en contraignant le village, et d'abord ce maudit curé, à voir le crime qu'ils avaient commis ensemble. Partager sa faute. Il ne ressusciterait pas les morts, au moins les ferait-il bénir par ceux qui les avaient maudits. Galvanisé par cette idée, il avait repris d'une voix plus ferme.

— Je vous disais, mon colonel… Installez-vous chez moi et vous pourrez accomplir votre mission. Vous serez mes invités. J'aurais dû vous le proposer hier soir, je sais et je le regrette, je ne me le pardonnerai jamais. Mais vous êtes la République ! Vous n'allez pas partir comme des voleurs ! Ce serait trop facile pour eux, les autres en bas, surtout le curé. Vous les imaginez, demain, se racontant votre départ et fêtant leur victoire ?

La passion politique le reprenait. Deux presque enfants gisaient morts à ses pieds, mais il rêvait d'une revanche, comme si le village était un échiquier et qu'il avançait ses pions. Plus simplement, il se sentait si mal qu'il brûlait de se venger, au moins un peu. L'officier restait sceptique.

— Je vais envoyer un message à mon commandement et je vous répondrai. De toute manière, on peut pas les laisser là, ces deux pauvres gars…

Henri était redescendu vers sa boutique en marchant lentement, pour que tout le monde le voie et sache qu'il avait rendu visite aux militaires, présenté ses condoléances, comme on le fait avec ses proches ou sa famille quand quelqu'un vient à mourir. Il ignorait qu'il le paierait d'un prix exorbitant.

Ce matin-là, malgré le pain cuit dans la nuit, il décida de fermer la boulangerie. Sur les volets fermés il posa cette inscription : « Fermé pour cause de deuil. » Les Floriciens s'approchaient, lisaient sans rien dire, puis tournaient les talons.

Vers midi, deux camionnettes Renault traversèrent le village ébahi, qui n'avait encore jamais vu ce genre d'engin sans chevaux. Elles transportaient deux cercueils dans leur plateau ouvert. Sur la colline, les cercueils furent déchargés et les deux morts déposés. De sa fenêtre, Henri Brissaud observait la scène en se demandant si le convoi mécanique repartirait sans attendre, avec sa cargaison macabre, ou s'il attendrait là. Mais la voiture restait immobile, tandis que le chauffeur s'entretenait à part, avec le colonel. Au bout de dix minutes, les deux hommes prirent le chemin du village, le traversèrent et vinrent frapper à la porte du boulanger.

— Nous avons reçu les ordres. À 16 heures, nous défilerons jusqu'à l'église et stationnerons quelques minutes, le temps d'une cérémonie. Ensuite les corps seront transportés à La Roche-sur-Yon. Voyez avec le curé s'il veut les bénir ou non. Après tout, c'étaient de bons chrétiens. Et demain, l'agent du fisc viendra faire l'inventaire. Merci au nom de mes hommes de nous prêter vos granges, cette nuit. À tout à l'heure.

Brissaud se rendit d'abord chez quelques amis sûrs, des républicains discrets, qui ne voulaient pas avoir d'histoires mais partageaient ses idées. Il les chargea d'avertir leurs voisins : une cérémonie aurait lieu l'après-midi, en hommage aux soldats morts. Puis il se rendit au presbytère, au bout d'une petite impasse, entre l'église et la mairie. Il frappa une première fois au volet du père Durand. Le silence lui répondit, total, d'autant plus lourd que le vent commençait à tomber. Il recommença quelques secondes après, sans plus de résultat. Alors il se dressa, buste en avant, mains sur les hanches. Il le héla par son nom, de sa voix de ténor, à la manière des gardes champêtres, pour que chacun dans le village puisse entendre son message et le colporter de proche en proche. Avis à la population.

— Curé! Deux enfants sont morts à cause de nous, à cause de moi, à cause de toi. Tout à l'heure ils seront amenés ici, devant ton église… Devant ton Dieu de miséricorde!… Ce sont de bons chrétiens… Comme leurs parents qui pleurent… Et de bons Français… S'ils étaient là, ils te diraient: « Mon père bénissez-moi », et tu leur répondrais: « Je te bénis, mon fils. » Alors ne te cache pas, maintenant qu'ils ont perdu la vie! Ne te planque pas! Sors de chez toi! Ne les envoie pas au diable! Viens les bénir! On t'attend à 16 heures… Tu m'entends, curé? À 16 heures…

Aucune réponse. Il a tourné les talons. Aux fenêtres, des rideaux se fermaient furtivement, dès qu'il levait les yeux. Avant de tourner à l'angle de l'impasse et du parvis, il a regardé en arrière. Le père Durand, massif, impressionnant, farouche, se tenait devant sa porte et le regardait partir.

À 16 heures, les troupes se sont rangées en ligne, par deux. Les troupes, c'est beaucoup dire. Une petite escouade de dix-huit hommes, derrière deux cercueils chargés sur une camionnette, des militaires qui avançaient au pas, en chantant dans le silence de la colline, puis de la rue:

Dans les jardins de mon père,
Les lauriers vont fleurir
Tous les oiseaux du monde
Viennent y faire leur nid.
Auprès de ma blonde,
Qu'il fait bon, fait bon, fait bon,
Auprès de ma blonde
Qu'il fait bon dormir…

Qui avait donc choisi ce vieux refrain pour accompagner les compagnons morts dans la nuit, l'officier ou les soldats eux-mêmes ? Le village était empli de ces voix d'hommes qui résonnaient entre les maisons, avec entre chaque vers un silence cadencé par la marche, une, deux, une, deux, et ces petits mots naïfs lancés derrière des morts, « qu'il fait bon, fait bon, fait bon dormir », en devenaient déchirants.

Alors les villageois sont sortis de chez eux, quelques-uns d'abord, un peu raides, incertains, puis leur femme et leurs enfants, puis les voisins, puis tout un monde, non parce que l'on avait changé d'avis, que l'on choisissait l'armée de la République contre l'appel de l'Église, mais parce que devant les morts on se découvre et on se tait. Et puis, jusqu'aux plus exaltés, on se sentait un peu coupable.

Ainsi le cortège est arrivé face à l'église, deux voitures sans chevaux en guise de corbillard, sans fleurs, tout nus, dix-huit soldats qui chantaient la douceur de dormir auprès d'une blonde, et des hommes, des femmes, des jeunes, des âgés, des franchement vieux, des enfants, des animaux… Soldats et population sont ainsi restés sur le parvis, respiration presque en suspens. Le père Durand allait-il apparaître au seuil de son église ou la garder fermée, à l'écart des jeunes morts, de l'armée républicaine et de son village chrétien ? C'était un piège pour lui, et dans son for intérieur Henri Brissaud jubilait de l'avoir tendu sans y penser vraiment.

Soit le curé se barricadait dans son lieu saint et se coupait de ses fidèles. Soit il sortait, et dans ce cas il bénissait, devant tout le monde, les soldats de cette République qu'il maudissait de toute son âme. L'exclusion ou le ridicule, il n'y échapperait pas. Les minutes passaient et la porte ne s'ouvrait pas. Brissaud s'est alors avancé, comme le matin devant sa fenêtre, dans la même position, la tête haute et les mains sur les hanches.

— Curé, tu peux pas faire ça. On n'est pas du même bord mais on est tous des hommes. Tu dois venir avec nous et bénir ces cercueils. On est tous là. Viens, s'il te plaît…

Il n'avait pas fini sa phrase, que la porte s'était ouverte. Durand était apparu dans l'encadrement, impavide, un goupillon à la main sans lui jeter un regard. Il s'était dirigé vers les cercueils et avait prononcé les phrases rituelles, d'une voix forte, en les appuyant d'un signe de croix. Puis il avait tourné le dos à la troupe et à la foule et était reparti vers sa citadelle sacrée. En passant devant le boulanger, un peu à l'écart, il avait juste murmuré, tout bas, à son oreille :

— Tu me le paieras.

Le colonel avait crié ses ordres. « Arme à l'épaule, droite ! » et les soldats s'étaient mis au garde-à-vous. La camionnette transportant les deux morts avait pétaradé, puis s'était engagée sur le chemin de La Roche-sur-Yon, en cahotant. L'autre voiture avait pris la route inverse en descendant vers la boulangerie de Brissaud, où elle avait stationné, bientôt rejointe par la troupe qui marchait au pas, portée par son chant d'amour, « auprès de ma blonde »… Quant aux villageois, ils se dispersaient et rentraient chez eux, songeurs. Ils connaissaient leur curé et le craignaient. Son attitude, devant les cercueils, était celle des mauvais jours quand il montait à sa tribune et pointait vers eux l'index accusateur. L'homélie du prochain dimanche promettait un orage.

Brissaud avait conduit les soldats à travers champs, vers deux de ses granges les mieux fermées et bien garnies de foin. Le colonel lui avait longuement serré la main.

— Merci pour ce que vous avez fait, monsieur. Soyez sûr que j'en parlerai.

— Je n'ai rien fait. Je vous ai laissés dormir dehors, cette nuit, et deux de vos hommes sont morts. Voilà ce que j'ai fait, mon colonel.

— Vous avez rassemblé le village. C'était une belle cérémonie, entre Français réconciliés. Et demain, quand l'agent des inventaires viendra, vous verrez, tout se passera bien. Merci, vraiment, merci…

— Méfiez-vous du curé. Il nous prépare quelque chose.

Le soir, Henri Brissaud n'avait pas réussi à avaler sa soupe, ni à parler. Le remords le tourmentait. Le village rassemblé, la victoire sur le curé qu'il avait contraint, les remerciements de l'officier, tout cela ne l'apaisait pas. Il était l'immeuble ébranlé par un séisme, ravagé de l'intérieur, menacé d'effondrement. Il remâchait sa journée, courbé sur son assiette. Joséphine s'était collée contre son dos et l'avait embrassé dans les cheveux.

— Tu penses trop à ce que je t'ai dit hier soir. Je n'aurais pas dû. Je disais n'importe quoi. Tu es un homme bien, Henri.

— Non, Joséphine. Tout était vrai et tu le vois. Ils sont morts les soldats, comme tu m'en avais prévenu. J'ai pas voulu t'entendre, je n'ai pas bougé et c'est fini. Allez… Laisse-moi… On verra bien…

Cette nuit-là, il n'avait pas pétri la pâte. La boulangerie serait encore fermée demain, qu'importe. Il était resté au lit, les yeux ouverts, à se demander ce qu'il allait faire. Se remettre au travail, comme si de rien n'était, ou s'engager pour de bon en politique. Faire du pain comme ses ancêtres, ou changer le monde. Seule la pensée de ces futurs combats le réconfortait un peu, et il avait fini par s'endormir en y rêvant. À l'aube, le soleil l'avait réveillé. Nous étions jeudi matin. Il ignorait que le père Durand ne lui laisserait pas le choix.

Vers 10 heures, comme l'avait pressenti le colonel, ni le village ni le curé n'avaient bougé quand les agents du fisc étaient arrivés en charrette. La troupe s'était rangée de part et d'autre de l'entrée de l'église, par précaution. Le père Durand était à l'intérieur.

— Vous ne toucherez pas au tabernacle, avait-il ordonné.

— Je vous en donne ma parole, mon père, avait répondu l'officier, en s'inclinant.

Les deux contrôleurs avaient noté sur un cahier les richesses de cette église, c'est-à-dire à peu près rien sauf le bâtiment lui-même, traditionnel sous son clocher pointu et doté d'une entrée majestueuse surmontée d'un vitrail en rosace. Des bancs, quelques statues, une dizaine de tableaux sans valeur particulière, des chandelles, des ex-voto. Au bout d'une demi-heure l'inventaire était fini. Voilà pourquoi deux jeunes hommes de vingt ans étaient morts de froid, un village avait frôlé l'insurrection et mon arrière-grand-père Henri serait conduit au suicide.

Parmi les carnages les plus insensés, les saignées religieuses tiennent sans doute le pompon. Moi, Algérienne anonyme et vaguement vendéenne, je ne prétends pas faire concurrence à Georges Brassens qui considère la guerre de 14-18 comme le modèle de la folie humaine, mais tout de même! La Saint-Barthélemy pour l'hymen d'une vierge enceinte, *Charlie Hebdo* pour quelques poils de barbe, des batailles de tabernacles, des lapidations pour avoir dessiné des créatures de chair et de sang, des chambres à gaz, des croisades, des *djihads*, des femmes sous cloche, des bûchers, des lapidations, des humains qui se font sauter au milieu d'autres humains, des mitraillages à bout portant en vue d'une récompense dans l'au-delà, c'est à se taper la tête contre les murs ! Existe-t-il démence plus avancée, sauvagerie plus raffinée, que celles prônées par des prêcheurs costumés, triturant leurs écrits surannés baptisés *Textes saints*, pour en extraire la liqueur de leurs fantasmes ?

L'homélie du père Durand, trois jours plus tard, dans une église pleine à craquer, ajouterait son mort à ce mémorial des sacrifices humains dédiés au Tout-Puissant. Henri Brissaud, avancez-vous. Un petit meurtre entre amis. Un coup de poignard intime, bien caché, bien porté, bien paisible à l'abri des regards, dont on se souviendrait longtemps dans le village, mais que l'on garderait pour soi et que j'allais mettre au jour avec Edmond dit « Deux-en-un », mon cousin Jacques et un vieux peintre à moitié fou.

9

Comme d'habitude Henri Brissaud se tenait au fond de l'église, bien habillé, avec Joséphine en négligé de boulangère. C'était leur querelle hebdomadaire. Même agacement, mêmes arguments, mêmes refus, mêmes compromis. Il tenait à aller à la messe, non pas pour honorer Dieu auquel il ne croyait pas, ou pas vraiment, mais pour saluer les hommes et les femmes de son village. Il voulait être avec eux parce qu'il était des leurs, qu'ils aillent au foot, à l'église, aux mariages, aux élections. Son genre était « Il est des nô-ô-tres, il a bu son verre comme les au-au-tres », quitte à se siffler un ballon d'eau bénite. Donc il mettait sa jaquette, sa chemise blanche, nouait sa cravate, enfilait son pantalon du dimanche, ne se signait pas, ne s'agenouillait pas, ne prenait surtout pas l'hostie, mais il était présent, à sa place particulière, et parlait à tout le monde à la sortie de l'office.

Joséphine était plus radicale. Elle ne comprenait pas qu'un bouffeur de curé aille s'asseoir à leur table. Chaque semaine, le samedi soir, la même scène recommençait. Elle annonçait qu'elle n'irait pas, qu'elle n'avait rien à faire avec ces culs-bénits. S'ils n'aimaient plus leur pain qu'ils aillent l'acheter ailleurs. Le ton montait, ils se fâchaient, s'endormaient le dos tourné, mais s'enlaçaient au matin. Elle flanchait alors mais pas trop. Elle irait pour cette fois, la dernière, mais ne mettrait pas ses habits de cérémonie. Elle s'habillerait en boulangère, un point c'est tout.

Ils étaient donc au fond, comme d'habitude, quand le père Durand est monté à sa tribune.

Mon cousin Jacques a repris son souffle. Nous étions là, devant le feu, presque cent ans plus tard, et plus il avançait dans son récit, plus il le vivait comme si les événements dataient d'hier…

— Quand je pense à eux, à cet instant, ils me rappellent une scène de cinéma, je ne me souviens pas du film : un homme et une femme assis dans une voiture, lui au volant, elle à côté, il pleut, les essuie-glaces vont et viennent, ils parlent mais on ne les entend pas. Ils regardent la route sans la regarder. Ils ignorent qu'un malheur va les fracasser à la sortie du prochain virage, mais nous, nous le devinons, car la musique nous prévient.

Il s'est levé pour aller chercher deux verres et du cognac. On aurait dit qu'il hésitait. Il se raclait la gorge, servait lentement, s'émerveillait du millésime et du parfum.

— Bon, c'est pas le tout, cousin ! Dans deux semaines je serai rentrée à Alger, alors si tu veux bien… Qu'est-ce qu'il a dit de si terrible, ton père Durand ? Et d'abord comment tu sais tout ça ? Tu n'étais même pas né.

— Par mon père… Et par tout le village en fait… Ce qui s'est passé a tellement marqué les gens que cette histoire est devenue comme une légende. Elle a couru toute seule. On voulait l'oublier mais on en parlait quand même. Ça ressortait sans prévenir, comme une source asséchée, un coup par-ci, un coup par-là. Je peux pas t'expliquer. Mais je sais que ça rôde encore.

Le père Durand avait d'abord pointé son index sur les premières rangées et les travées du milieu. Cette semaine, à l'écouter, le village avait gravement péché. Pire encore, il avait trahi. Il avait croqué la pomme tendue par le serpent. Il n'avait pas défendu l'Église de Dieu quand ses ennemis l'avaient profanée.

— Qui vous a recommandé de sortir de chez vous ce jeudi ? Pourquoi avez-vous accompagné l'armée qui nous combat ? Parce que deux soldats sont morts dans la nuit ? Honte à vous ! Vous vous êtes laissé tenter, comme Adam par la pomme.

Depuis trois jours il avait charpenté sa colère. L'avait argumentée, étayée, balisée, justifiée. L'abbé Durand était d'autant plus redoutable qu'il enrobait sa passion dans la logique de la raison. Les deux morts ? Était-ce la faute de Fleurdécieux qui manquait d'humanité, ou le crime des mécréants qui les avaient envoyés là ? La nuit avait été glacée ? C'était la colère de Dieu ! Il avait béni les cercueils ? Et alors ? Ce n'était pas pour demander pardon ! Jamais ! Simplement la République avait tué deux enfants innocents, ils étaient donc des frères, non des ennemis.

Les valeurs, il les retournait comme un gant. Il transformait la honte de soi en désir de vengeance. Le village s'était senti coupable à l'annonce de la mort des soldats, il lui prouvait qu'il n'était pas l'agresseur mais l'agressé ! Dès lors tout s'inversait. La compassion devenait la compromission, la trêve une naïveté dangereuse, la charité une arme offerte à ses ennemis, l'espoir de paix une désertion.

— Vous auriez dû rester chez vous, avait-il accusé, et vous les avez rejoints. Vous vous êtes laissé berner ! Vous avez marché au pas, derrière ce mauvais berger. Vous avez transformé ma bénédiction en capitulation, notre fierté en renoncement. Vous avez offensé Dieu. Désormais, si vous voulez être pardonnés, vous devrez obéir. Ne plus jamais recommencer. Jamais ! *Errare humanum est, perseverare diabolicum.*

Il avait enflé la voix sur le dernier mot latin et l'assistance avait baissé le front. Du haut de sa tribune il parcourait des yeux cette foule soumise à sa parole, il la tenait, elle était prête pour la péroraison. Il prit une longue inspiration, s'accrocha aux rebords de sa chaire et leva la tête en direction de l'homme et de la femme debout là-bas, près de la porte, lui en costume du dimanche, elle en tablier de boulangère. Henri comprit instantanément que l'orage allait s'abattre, mais cette perspective, loin de l'inquiéter, le fit au contraire se redresser. Toujours ce goût de l'affrontement.

— Si vous avez accompagné nos ennemis plutôt que de les combattre, c'est à cause de cet homme !

Il désigna le boulanger et, dans l'instant, cinq cents visages se retournèrent.

— Depuis des années, nous le tolérons. Nous acceptons de manger son pain, et il ne cesse de nous trahir. Nous l'admettons dans notre église, et dans notre communauté, avec cette femme qui n'est même pas sa femme, mais ils refusent de prier, ils ne chantent pas, ils ne communient pas, ils vivent dans le péché. Nous avons été faibles ! Nous aurions dû les écarter ! J'ai commis la même faute que vous. J'ai confondu l'indulgence et la faiblesse. J'ai laissé prospérer les ennemis du Seigneur. Je le sais : c'est lui qui vous a convaincus ! C'est lui qui vous a rassemblés jeudi, en vous trompant, en jouant sur vos bons sentiments. Eh bien c'est terminé. C'est fini.

Il a de nouveau parcouru l'assistance du regard et porté le coup fatal :

— Cet homme a fait le pire ! Il vous a amadoués comme un troupeau, puis il a aidé l'armée à profaner la maison de Dieu. Les soldats allaient partir ? Il leur a permis de rester. Il leur a offert le couvert, en leur donnant son pain et le gîte. Surtout le gîte ! Il a tenu la bête au chaud. Il a couvé l'épidémie pour qu'elle nous contamine. Je vous le dis : cet homme n'est plus des nôtres. Désormais, vous éviterez sa boulangerie. Vous ferez un grand détour. Vous n'irez plus chez lui pour acheter votre pain. Sa boulangerie, c'est la boulangerie du Diable. Vous m'entendez ? La boulangerie du Diable.

Il est descendu de sa tribune, le visage légèrement congestionné. Le *Pater noster* puis le *Je vous salue Marie* ont couvert un silence irrespirable. Joséphine a regardé Henri, qui a fait mine de hausser les épaules. Elle a voulu partir, il a décidé de rester.

Pendant le dernier cantique le boulanger avait fait signe à sa compagne : il était temps de quitter l'église. Elle avait cru qu'il acceptait, qu'ils allaient rentrer chez eux, mais il avait marché jusqu'au milieu de la place, et là, debout sur le parvis, les bras croisés, il avait attendu. Le curé l'avait excommunié ? Qu'importe. Il affronterait le regard des villageois. On verrait bien qui ferait baisser les yeux à l'autre. Ils se connaissaient tous depuis l'enfance, ensemble ils avaient joué, appris à lire et à écrire, ramassé les châtaignes, joué aux billes et à cache-cache, partagé l'adolescence, les premiers chagrins d'amour, fauché les premiers blés, fait le coup de poing. Allaient-ils oublier leur histoire commune pour les paroles d'un illuminé ? Joséphine avait tenté de le ramener à la raison en le tirant par le bras, viens, viens, mais il n'avait pas bougé, planté dans sa colère. « Approchez ! », semblait-il dire aux fidèles qui émergeaient du porche et qui ne venaient pas. Ils balançaient sur leurs jambes. Aller vers lui ou faire un détour, c'était à eux de décider, pas à lui. À eux de se défiler ou de le saluer.

Ils choisirent de se planquer. Sa silhouette avait fait son effet, mais pas comme il l'avait espéré. Après le sermon du père Durand les bons chrétiens avaient détourné les yeux comme on le fait pour ne pas voir une scène insupportable, même si le condamné les fixait, comme le remords de Caïn. Ils n'avaient pas flotté longtemps. La plupart avaient longé le bord de la place, les yeux baissés. Quelques autres avaient lancé de petits signes apitoyés, là un battement de paupière ou un frémissement de sourcil, ici une moue complice ou l'esquisse d'un sourire, mais personne ne s'était arrêté. D'ordinaire, après l'office, le parvis se remplissait d'un bourdonnement joyeux, des enfants se poursuivaient en riant, des hommes et des femmes partageaient les nouvelles de la semaine, mais ce matin-là l'esplanade s'était vidée en cinq minutes. Resté seul, le proscrit avait descendu la rue, jusqu'à sa boutique, perdu sur un trottoir. Il avait levé le rideau, garni sa vitrine, posé les miches sur les étals et attendu. Pour la première fois depuis 1794, donc depuis cent douze ans, personne n'avait poussé la porte. Personne.

La suite fut une lutte éperdue. Une bataille perdue d'avance, contre le désespoir. Il allait chercher tous les moyens pour contourner l'anathème du curé, sans trouver. Joséphine, plus réaliste, avait bien proposé la solution la plus simple, dès le lundi : tout vendre et recommencer leur vie ailleurs, mais il avait refusé. Il n'avait pas voulu lâcher. Résister jusqu'à l'absurde. Il était né à Fleurdécieux, avait hérité de la boulangerie, de terres, de troupeaux, avait ouvert une auberge. Au nom de quelle tyrannie devrait-il abdiquer ? De quelle malédiction lancée par un curé ? Il fallait tenir bon, avait-il répété en serrant les poings, mais la nuit, une fois couché, il transpirait, tournait dans son lit jusqu'au matin et se réveillait en sueur, le visage ravagé, les yeux rouges, des cernes violets descendant le long des joues.

Les deux premiers jours il avait pourtant espéré. Plusieurs clients avaient bravé l'interdit. La porte, ils l'avaient poussée, le pain, ils l'avaient acheté, le boulanger, il l'avait salué, comme d'habitude. « Ce n'était rien qu'un peu de pain, mais il m'avait chauffé le cœur »... si Henri avait vécu cinquante ans plus tard, il aurait pu chanter « L'Auvergnat » de Georges Brassens et aurait même gardé l'espoir avec le troisième couplet : « Toi l'étranger qui, sans façon, d'un air malheureux m'as souri, lorsque les gendarmes m'ont pris... » Et moi la musulmane, si j'étais née cent ans plus tôt, non pas à El Biar mais à Fleurdécieux, j'aurais pensé à la *fatwa* contre Salman Rushdie, lancée depuis l'Iran par d'autres religieux, en soutane et turban.

Mais les chansons sont des chansons, et le fanatisme est le fanatisme. Les premières vous consolent quand le second vous extermine. Informé de ces quelques écarts, le goupillon a fait appel au sabre politique. Ne rien laisser passer. Donner à la population une leçon qu'elle ne pourrait oublier. Faire comme font les dictatures. Organiser un grand monôme. Rassembler les sectaires pour effrayer les tièdes. Interdire à quelques villageois, même marginaux, même peu nombreux, même inorganisés, d'enfreindre la *fatwa*, pardon la malédiction. Il ne suffisait pas que le boulanger fût conduit à la faillite, abandonné par les trois quarts de ses clients, il fallait qu'il soit vomi jusqu'à la dernière goutte. Et comme le curé n'avait pas achevé la saignée, le comte allait finir le travail.

Le mercredi, une manifestation s'était regroupée autour de Gaétan Mesnard de Curzon, député-maire de Saint-Pierre-Mont-Marceau, accompagné du maire de Fleurdécieux, chacun entouré de ses adjoints et conseillers. Le cortège était descendu vers le village, pour exiger la fermeture de la boulangerie, derrière une banderole qui proclamait « Honte à la boulangerie du Diable ».

La petite foule du départ avait grossi à vue d'œil. En entendant les cris, Henri et Joséphine étaient sortis sur le pas de leur boutique. Leur simple apparition avait provoqué des hurlements, tandis que des fourches et des bâtons s'étaient levés.

Le boulanger avait alors saisi le bras de sa compagne et les avait attendus, fièrement, sans bouger, même s'il avait compris : c'était la fin. Si le comte ordonnait de le proscrire, tout le monde obéirait. Au-delà de son influence morale, ce seigneur à l'ancienne tenait chacun dans sa main. C'est elle qui les nourrissait. Aucune famille n'échappait à sa poigne. Dans le canton, il y avait toujours un père, un frère, un fils, un oncle, une mère, une sœur, qui travaillait pour « le château ». Or c'est le seigneur, le maître qui avait pris la parole, pour enfoncer les derniers clous du cercueil préparé par le curé. Depuis les crimes des colonnes infernales, avait-il proclamé dans un vibrato de gorge, les Brissaud avaient toujours combattu la sainte alliance de l'Église et de la monarchie, jusqu'à la loi fatale de 1905 et à ses profanations. Ils devaient être châtiés.

Henri ne bougeait pas, mais commençait à trembler. Joséphine pleurait comme une condamnée avant l'exécution. Elle ne supportait plus cette orgie d'obscurantisme et ne pensait qu'à s'enfuir, à se sauver, dans tous les sens du terme, comme je l'ai fait moi-même à la mort de ma mère. La même panique, le même dégoût. Elle a tiré son compagnon à l'intérieur, il n'a plus résisté. Cette fois il abdiquait. Il allait encore bouger, se débattre, s'agiter comme un furieux, mais dans quelques semaines, quelques mois tout au plus, il coulerait comme un noyé.

Au bout d'une semaine absurde, pendant laquelle il alluma son four comme depuis plus d'un siècle, fit cuire son pain comme depuis l'enfance, mais n'en vendit pas un seul, comme depuis la manifestation organisée par le comte, il se leva ragaillardi. Ainsi vont les dépressifs, abattement puis exaltation. Il enlaça Joséphine, la serra contre lui, l'embrassa, ce qui n'était plus arrivé depuis la mort des deux soldats.

— Nous sommes sauvés, ma Joséphine !

— Nous, sauvés ? Allons, Henri... Nous le serons quand nous aurons vendu tes biens et que nous vivrons loin de ce trou.

— Non, écoute...

Elle écouta, sans y croire. Puisque la peur empêchait les villageois de venir à la boulangerie, le boulanger irait à eux comme Lagardère. Il prendrait sa charrette, tous les matins, attellerait sa jument Lorraine, ainsi baptisée dans l'espoir de venger la honte de 1870 et vendrait son pain à domicile, aux gens des fermes. Ils étaient des dizaines et des dizaines, ouvriers agricoles, tous petits propriétaires, qui devaient faire des kilomètres pour se livrer au village. Personne ne verrait l'échange et tout le monde serait content. Le comte était puissant, en ville, mais ne pouvait pas contrôler les coins reculés des campagnes.

Elle ne le contraria pas, non qu'elle se fît des illusions, mais après tout l'espoir fait vivre. Le mirage se dissiperait dans quelques jours, mais quelques jours, même quelques heures, c'était déjà bon à prendre. Elle voyait les limites du projet. C'était une bonne idée pour les jours de beau temps, mais que se passerait-il à l'automne, quand les chemins seraient embourbés et que la pluie vous trempait jusqu'à la moelle ? Vendrait-il du pain mouillé ? Et en hiver, quand la neige avale le paysage, que l'on ne distingue plus un champ d'un lac et un lac d'un sentier, comment la vieille jument Lorraine pourrait-elle tirer la charrette engloutie jusqu'aux essieux ?

Elle approuva pourtant son homme, parce qu'il en avait besoin et qu'elle avait besoin de lui. Elle espérait que le temps ferait son œuvre. Henri finirait bien par accepter : elle et lui n'étaient plus personne ici, ils avaient été rayés du monde, ils n'avaient plus qu'à disparaître, non pas pour renoncer à leur idéal mais rebondir au contraire. Pourquoi ne pas aller voir Clemenceau, lui raconter le scandale qui prospérait dans le bocage, à deux jours de cheval de chez lui ? Pour l'heure elle savait bien que son compagnon avait la tête plus dure que son pétrin, elle devrait patienter, veiller à le soutenir, coûte que coûte, mais sans dire la vérité, comme on fait pour les malades incurables. Et puis elle rêvait d'un enfant depuis si longtemps, et peut-être, peut-être… Elle se garda d'y penser et surtout de le lui dire, il l'aurait traitée de folle.

Pourtant, si Henri était buté, il était loin d'être inconscient. Il mesurait à la fois les aléas de son entreprise et le soutien de sa compagne. Il fallait beaucoup d'amour pour accepter la perspective d'une vie chaotique, cuire le pain la nuit, partir à l'aube sur les chemins, revenir au coucher du soleil. De quel temps disposeraient-ils pour faire ensemble ce qu'ils aimaient le plus, l'amour bien entendu, mais pas seulement, l'engagement, les idées, la présence aux meetings, les nuits de discussion. Alors un enfant… N'en parlons pas tant qu'ils s'useraient la santé comme des forçats… Il moulinait ces pensées, songeait à l'automne qui viendrait après l'été, au mauvais temps, inévitable, à l'épuisement qui le guetterait, à l'âge aussi, il avait quarante-cinq ans. La veille de sa première tournée, une fois les chandelles éteintes il avait eu, paraît-il, ces mots qui résonneraient dans la mémoire de Joséphine jusqu'à sa dernière heure :

— Ne t'en fais pas mon amour, je suis allé chez le notaire. J'ai pris mes dispositions. S'il doit m'arriver malheur tu seras à l'abri. Tu hériteras de mes biens. Et comme je ne serai plus là pour t'en empêcher, tu pourras les vendre et recommencer ta vie ailleurs.

Il avait lâché ces mots sur le ton de la plaisanterie, elle n'avait pas su si elle devait s'en amuser ou s'inquiéter. Dans une bonne humeur forcée, elle avait répondu :

— Tu es bête, Henri. Nous allons vivre ensemble, longtemps, et tu me suivras sans discuter !

À cet instant, j'avais brutalement interrompu le récit de mon cousin Jacques. Il m'agaçait à raconter l'intimité de nos grands-parents. Et puis… Quelque chose ne collait pas dans son récit.

— Comment peux-tu savoir qu'Henri a dit tout ça à Joséphine, en mars 1906 ? Tu étais dans leur lit ? Et cette histoire de testament chez le notaire, tu la sors d'où ? C'est le contraire qui s'est passé et tu le sais bien. Si Joséphine est partie en Algérie, si ma grand-mère est née sur le bateau, si ma mère est devenue algérienne, si je suis ici, c'est parce qu'elle n'avait plus rien. Une main devant, une main derrière, comme disaient les pieds-noirs en débarquant en France. Henri a donné tous ses biens à la ville et aux curés ! Il n'a laissé qu'un peu d'argent à Joséphine.

— C'est ce qu'on a dit, a lâché Jacques, d'une voix presque inaudible... Mais c'est ce que mon père n'a jamais cru. Et Joséphine pas plus que lui. Tu crois qu'elle aurait appelé sa fille Henriette Brissaud si elle s'était sentie trahie ? Et la conversation que je te rapporte, c'est mon grand-père qui en a parlé à mon père, quand il a repris la boulangerie, et c'est Joséphine elle-même qui la lui a confiée, juste avant de quitter le village avec son ventre rond.

— Ton grand-père a laissé partir sa belle-sœur enceinte, sans rien, alors qu'il ne croyait pas au testament de son frère ? Et ensuite il a récupéré la boulangerie ? Et tu veux que je croie ça ?

Je me mettais en colère. Il a posé la main sur mon poignet, l'air malheureux.

— Attends, Nadia... Je vais te raconter... Enfin... Je vais essayer... Parce que, bon... Tu vois... Y'a des questions que je me pose autant que toi, et j'ai pas toutes les réponses...

Le boulanger maudit avait tenu trois mois. Trois mois pour rien et pour beaucoup. Au bout d'une semaine, il avait compris que son calcul était illusoire, et pourtant, au bout de cent vingt ans, son projet tiendrait toujours la route. Sa tournée des fermes et des villages existe encore. Le frère d'Henri l'a d'abord reprise à cheval, puis en automobile, et aujourd'hui les héritiers de Jacques la continuent avec leur camionnette. C'était une idée de génie, mais inventée trop tôt.

Au début des années 1900, et jusqu'après la Seconde Guerre mondiale, le pain se vendait à la pesée, au kilo. On achetait une grosse miche pour plusieurs jours, si bien que la tournée hippomobile remplissait les garde-manger mais pas sa caisse. Vendre un ou deux kilos, puis repartir pour la ferme « voisine », à vingt minutes de là, en vendre encore deux ou trois, et ainsi de suite, ne faisait pas tourner l'affaire. Henri rentrait couvert de poussière, épuisé, vidait ses poches devant Joséphine et faisait non de la tête. Non, ça n'était pas assez, non, ça ne pourrait pas suffire, et Joséphine qui voyait s'arrondir son ventre le regardait d'un air suppliant, mais elle n'osait pas lui dire la vérité. Premièrement elle attendait leur enfant, deuxièmement ils devaient s'en aller avant qu'il ne soit trop tard.

Elle se taisait en espérant qu'il se déciderait quand même, ce soir, demain, la semaine prochaine ; mais il gardait le silence, pas une parole à table, pas une plainte, le bruit de l'horloge et des cuillères sur la faïence des assiettes. Puis il se levait, se lavait, allait dormir, se réveillait à 2 heures du matin, pétrissait sa pâte, l'enfournait, la ressortait odorante et dorée, la chargeait sur sa charrette, attelait Lorraine qui fatiguait et repartait juste avant l'aube. Le printemps glissait vers l'été, les jours étaient de plus en plus longs, ses itinéraires aussi.

Il maigrissait à vue d'œil, sa barbe et ses cheveux blanchissaient, son allure d'éternel jeune homme laissait place à la physionomie d'un quinquagénaire fourbu filant vers la soixantaine. Pathétique métamorphose. Joséphine avait fini par sonner l'alarme :

— Tu ne peux pas continuer, Henri, tu dois penser à nous !

Mais lui, fermé à double tour :

— C'est fait, j'ai pris mes dispositions, tu le sais aussi bien que moi… Arrête de t'inquiéter. Je t'ai mise à l'abri.

Cette réponse avait glacé la jeune femme.

— C'est tout ce que tu trouves à me dire ? Je te parle de notre vie et tu me réponds par ta mort ? C'est elle que tu poursuis ? C'est elle que tu veux m'offrir ? Et l'autre, là-haut, dans son château et le curé avec son évangile et sa méchanceté, et le maire dans son trou à rat, ils en pensent quoi ? Ils se frottent les mains en attendant ta chute ? C'est ça, ta réponse de révolutionnaire ? Tu vas leur offrir ta dépouille ?

Cette réponse l'avait déstabilisé. Il avait hésité, balancé d'un pied sur l'autre et soupiré :

— Je sais pas… Mais si je partais, ils seraient trop contents. Ils seraient débarrassés. Je ne leur ferai pas ce cadeau. Je ne quitterai jamais ma terre.

Il faisait peine à voir. La malédiction faite homme, voûté sur sa charrette, fouet à la main à travers champs, par tous les temps, tout seul dans le paysage immense où se perdait le bruit de sa chevauchée, à crier « Yah ! » à sa jument qui n'en pouvait plus, puis à tourner sur un chemin bordé de haies sauvages, à s'arrêter devant une ferme, saluer, vendre un pain par-ci, un pain par-là, trois kilomètres entre chacun, remonter sur la banquette, faire claquer son fouet et repartir vers sa course interminable.

Un lundi soir, la semaine de la Saint-Jean, il était rentré plus tard que d'habitude, au pas, et avait pris son temps pour dételer Lorraine, la caresser longuement sur le museau, lui parler à l'oreille, frotter la patte qui boitait bas, puis avait poussé la porte de sa maison, en souriant à sa compagne qui remuait la soupe. Il avait l'air soulagé. Le visage apaisé des hommes qui ont accompli leur tâche et se délestent d'un fardeau.

— C'est fini, Joséphine. Demain ce sera ma dernière. J'ai décidé d'arrêter.

Elle eut envie de lui sauter au cou, mais se retint.

— Enfin ! Tu as compris que tu courais derrière une illusion ?

— J'ai compris et j'ai pris ma décision.

Elle fut alors tentée de lui annoncer qu'il serait bientôt papa, lui dont l'âge avançait et qui n'avait jamais voulu d'enfant, « parce que le monde est trop dur ». Elle garda son secret, par respect pour lui, ne pas avoir l'air de fêter ce qui était un renoncement. Et puis quelque chose lui déplaisait dans l'attitude d'Henri. Elle n'aimait pas cette soudaine gaîté, ce ton détaché, cette manière définitive d'annoncer « sa décision ». Cette inquiétude ne s'était pas apaisée lorsqu'ils s'étaient couchés, qu'il l'avait caressée après des semaines et des semaines d'indifférence et l'avait prise avec une rage qui tenait plus de la fureur que de l'amour. Cette nuit-là, il s'était levé beaucoup plus tard que d'habitude, en lançant sur un air de défi :

— Floriciennes, Floriciens, voici le pain de ma dernière tournée !

Et il était parti après le lever du soleil, en se retournant plusieurs fois pour dire au revoir à Joséphine, d'un grand geste du bras. Le village qui le condamnait avait dormi du sommeil du juste, le comte sous son baldaquin, le curé sous la croix de Jésus-Christ.

Vers 18 heures, alors qu'il faisait encore grand jour, Joséphine entendit le pas irrégulier de la jument Lorraine, trois coups brefs et le quatrième plus lent. Depuis deux semaines la bête s'était blessée et traînait l'une des pattes arrière, qu'elle évitait de poser sur le sol. La boulangère alla à la fenêtre pour accueillir son homme qui rentrait au bercail, bien décidée à lui annoncer la grande nouvelle. « Pourvu qu'il soit heureux », songea-t-elle avec appréhension.

Le ciel s'effondra sur elle. Pas le Ciel des culs-bénits, avec son Dieu qui trône et ses *bodyguards* autour, non, le ciel trivial que les hommes regardent en y plaçant leurs espoirs pour ici-bas. Quand l'animal tourna à l'angle de la rue vers son écurie, la charrette était vide. Personne ne la conduisait. Lorraine la tirait par habitude, elle connaissait la route, mais Henri n'était plus là. Il n'était pas assis sur sa banquette, avec son fouet à la main. Sa place était béante, un puits sans fond dans lequel elle se sentit tomber. Elle courut jusqu'au chemin qu'il empruntait en général, dans l'espoir de l'apercevoir, mais elle ne vit que l'horizon verrouillé par les haies du bocage, avec le virage à gauche qui s'enfonçait dans les prairies. Elle revint vers la charrette, en respirant profondément pour contrer la panique. Par réflexe elle caressa l'encolure de la jument, en lui parlant doucement, comme si c'était une confidence de jeu :

— Eh, ma bonne bête ! Tu as perdu ton maître ? Tu me conduis là où il est ?

Lorraine remua les oreilles et secoua violemment la tête. Elle avait soif. Et elle était inquiète. Elle grattait le sol de son sabot avant. Joséphine essaya de la calmer, mais ses mots s'adressaient à elle-même plutôt qu'à son cheval.

— Allons, ma belle, ne t'en fais pas, il va revenir ton maître, on va l'attendre toutes les deux, bien tranquillement.

Elle conduisit Lorraine à l'abreuvoir, ouvrit les grands battants de l'écurie, la fit entrer et entreprit de dételer la charrette. C'est en la poussant que son regard fut attiré par un bout de carton attaché à l'un des bras. Elle le prit, le déplia et reconnut la belle écriture d'Henri, en lettres capitales. Un message qui la terrassa : « Pardonne-moi, mon amour. »

Elle comprit dans l'instant, mais essaya d'échapper à l'évidence. Elle rangea soigneusement le local, pendit le collier de la jument au mur, posa les œillères et le mors sur une étagère, les épousseta, commença même à balayer. Et puis elle se souvint des derniers mots d'Henri, la veille au soir : « J'ai pris ma décision… J'ai décidé d'arrêter… Demain, ce sera ma dernière… » Comment n'avait-elle pas compris ? Pourquoi s'était-elle endormie sans lui dire qu'il aurait un enfant et que cet enfant aurait besoin de son père ? Elle s'affolait de ces pensées et se mettait à répéter une phrase dont elle se serait moquée, hier encore :

— Mon Dieu, mon Dieu, je vous en supplie, aidez-moi. Faites que non… Faites que ce ne soit pas vrai… Faites qu'il soit encore en vie…

10

Le maire de l'époque était un brave homme placé là par le comte. Un petit agriculteur qui détestait les conflits et avait mal vécu les derniers événements. La mort des deux soldats l'avait choqué, les bravades du boulanger l'avaient gêné, l'excommunication lancée par le père Durand l'avait tourmenté, la manifestation du surlendemain avait achevé de le désespérer : son village filait un mauvais coton. Il s'en était lavé les mains. Sans méchanceté ni caractère, il évitait les histoires. Ces tensions religieuses lui passaient au-dessus de la tête. Lui, c'étaient les chemins, la propreté des rues, les massifs de fleurs, l'aide aux vieux, le goûter de Noël pour les enfants nécessiteux. En recevant Joséphine, ce mardi soir, il avait pressenti que les ennuis recommençaient. La jeune femme était angoissée, ses mains tremblaient, on aurait dit un oiseau piégé.

Elle expliqua : la charrette vide, le message, les derniers mots du matin, elle espérait que son compagnon avait eu un accident, mais elle redoutait… Elle n'osait pas dire le mot. Le maire tira sa montre gousset, hocha la tête et tâcha de se montrer rassurant :

— Il aura sans doute fait une chute, nous le retrouverons. Je vais rassembler des hommes, mais j'ai peur que les recherches soient compliquées ce soir. Le temps de se mettre en route, il fera nuit. Nous partirons à l'aube. Il fait doux, donc pas de problème pour dormir à la belle étoile…

Il rougit en pensant aux soldats morts de froid, l'hiver dernier, avala sa salive et continua :

— En cette saison un homme comme lui aura trouvé un abri. Il connaît la région comme sa poche. Il vous a dit quelles fermes il visiterait ?

Joséphine cita quelques endroits possibles, mais demanda d'abord à participer à la battue :

— Je veux vous accompagner. Je connais ses routes, on les a souvent faites ensemble.

Mais le maire se raidit :

— Je ne crois pas que ce soit une bonne idée, madame. Imaginez…

Il se tut. Elle aussi. Ils pensaient à la même chose.

Elle les regarda partir, à 5 heures du matin, sous les étoiles. Une trentaine de Floriciens silencieux, marchant autour d'une charrette à bras, tirée par un cheval. Les rassembler n'avait pas été difficile. Depuis plus de trois mois que le boulanger se damnait pour survivre, qu'ils le voyaient dépérir et qu'ils boycottaient son pain pour obéir au prêtre et au comte, ces hommes n'avaient pas aimé ce qu'ils faisaient. Ils s'en parlaient à voix basse, entre eux ou à leurs femmes, et ce malaise les tourmentait car leur compassion était une faiblesse, « une pensée coupable », répétait le père Durand tous les dimanches, un péché qu'ils ne pouvaient avouer quand ils se confessaient. Dès qu'ils avaient appris que Brissaud n'était pas rentré et que le maire les avait invités à retrouver sa trace, ils avaient reçu le message comme une libération, d'un cœur d'autant plus léger que le comte avait délégué deux de ses gardes du corps.

En milieu de matinée, vers 9 heures, Joséphine les vit revenir. Ils marchaient autour de la charrette, en cortège et la tête basse. Elle comprit et courut. Le corps d'Henri était enveloppé jusqu'à la tête, ses deux pieds dépassaient de la couverture. Elle poussa un long cri, ce cri qu'elle retenait depuis la veille pour se faire croire qu'il lui restait un espoir. Deux hommes voulurent la réconforter, elle les insulta :

— C'est vous qui l'avez tué ! Vous tous. Toi ! Toi ! Toi ! Toi !

Elle les passa en revue, un par un, jusqu'aux deux proches du comte.

— Et vous, je vous reconnais ! Vous leviez vos fourches, en tête de la manifestation, devant la boulangerie, et vous hurliez pour faire peur à tout le monde. Alors votre tête d'hypocrite, gardez-la pour vos enterrements, allez annoncer la bonne nouvelle et fêtez là avec le diable !

De nouveau ce long cri qui donnait la chair de poule, même aux plus endurcis.

— Madame...

Le maire la supplia. Elle se reprit et demanda à voir le visage de son homme, mais il l'en empêcha.

— Non, madame, pas maintenant, pas comme ça. Attendez qu'on le prépare.

Henri Brissaud s'était pendu. Un suicide d'agriculteur. Il était monté à l'arrière de sa charrette, avait passé une corde autour de son cou, l'avait solidement accrochée à une branche et avait hurlé l'ordre fatal :

— Hue dia !

Lorraine était partie au galop. Henri n'avait senti aucun choc brutal au niveau des cervicales, sa corde était trop courte. Il avait glissé dans le vide sans se briser la nuque. L'agonie avait duré. Il s'était balancé à un mètre du sol, avait tenté, dans un dernier réflexe, de desserrer l'étreinte qui l'étouffait. Une mort lente, le pire supplice pour un pendu. L'équipe de recherche l'avait retrouvé à deux kilomètres à peine, des corbeaux commençaient à rôder autour du corps, le visage était congestionné, les yeux exorbités, la langue sortait de la bouche…

On conduisit le corps jusqu'au local des pompes funèbres. Dans le village, la traversée de la charrette encadrée par le groupe et suivie par Joséphine provoqua la gêne, le chagrin et parfois la colère. Il se passa dans les têtes, en plus violent, ce que la mort des deux soldats avait déjà suscité. L'idée que l'on s'était mal conduit. Car Henri était aimé, « frère Henri » comme on le surnommait en soupçonnant ses accointances avec les francs-maçons, et on l'avait tué. Tuer ce que l'on aime, ils sont étranges les peuples, à se prosterner devant ce qui les avilit, par peur, par indifférence, par suivisme ou de bonne foi, au nom d'une idée ou d'un homme providentiel, un meneur, un chef, un seigneur, un prophète, un Jésus, un Mohamed…

Le père Durand ne s'était plus montré en ville. D'ordinaire on voyait sa soutane arpenter les rues, raide comme la justice mais surmontée d'une tête humblement penchée dès qu'il croisait l'un de ses fidèles. Qu'ils soient imam, rabbin, curé, ils ont souvent la même dégaine les religieux du Livre, implacables en soldats du Ciel, onctueux dans le civil. Généralement, le père Durand déjeunait chez les uns ou les autres, et sa tournée du matin visait à rencontrer celui qui l'inviterait à sa table. Toujours le même cérémonial : il se récriait d'abord : « Je ne veux pas vous déranger », puis acceptait l'hospitalité en insistant sur son caractère exceptionnel. L'exception était la règle, sept jours sur sept ou presque, mais, ce matin-là et les suivants, personne ne l'avait aperçu. Pas l'ombre d'un missel, pas une lanière de sandale, pas l'esquisse d'une robe noire surmontée d'une collerette blanche. Le berger restait chez lui, prêt à se satisfaire d'une boîte de sardines à l'huile, plutôt que d'affronter le regard de son troupeau. Il ruminait un affront que personne ne mesurait encore

Un mort ne vaut pas un mort. La plupart sont oubliés dès la dernière pelletée du fossoyeur. Quelques-uns deviennent des symboles. L'histoire tragique d'Henri Brissaud aurait pu demeurer cachée dans le giron d'un village anonyme, elle se diffusa au contraire, en quelques heures, par le bouche à oreille, dans le canton et au-delà. Elle contenait les ingrédients de ce que les journalistes appellent, parfois abusivement, un « fait de société ». Un héros bien identifié, dans une situation personnelle qui fait écho à une tension générale. Le cocktail était explosif.

Le suicide du boulanger fit si grand bruit que les services préfectoraux, informés dès les premières heures, décidèrent d'en aviser les hautes sphères dirigeantes. L'information remonta d'autant plus vite que Brissaud était un militant du parti radical, que le dirigeant régional de ce parti n'était autre que le nouveau ministre de l'Intérieur, Georges Clemenceau, et que le comte était élu à l'Assemblée nationale dans les rangs royalistes.

Clemenceau décida de se rendre aux obsèques pour décorer le défunt de la Légion d'honneur, mais aussi pour apaiser les élus du village. Il voulait que le boulanger devienne le dernier mort de la guerre que se livraient l'État français et l'Église catholique depuis le Siècle des lumières. L'automne suivant, il deviendrait président du

Conseil sous la présidence d'Armand Fallières, à partir de ce programme. Pour l'heure il était malmené par les émeutes qui se multipliaient en France, depuis janvier.

Les obsèques eurent lieu le vendredi 22 juin et provoquèrent une émotion populaire qui frappa les imaginations et troubla les autorités locales. Le comte et le curé, fortement engagés dans la bataille contre la loi de Séparation, constatèrent que dans la mort leur ennemi singulier devenait plus encombrant que dans la vie. Il était accompagné par une foule infiniment plus dense que celle qui l'avait boycotté. Deux mille personnes dans la cour de la mairie, aux côtés du ministre de l'Intérieur et du préfet, pour une cérémonie civile, Fleurdécieux n'avait jamais vu ça.

Ce fut comme un 14 Juillet chez les chouans. Un jour de révolution spontanée. Tout un peuple qui se lève sans savoir ce qu'il fait. Paris aimait son roi mais avait déclenché un ouragan qui l'abattrait, les Floriciens respectaient leur seigneur et leur prêtre, mais s'étaient rassemblés autour du corps de leur adversaire. En ce matin de 1906, à la césure du printemps et de l'été, le pouvoir échappait aux mains qui le détenaient de droit divin, depuis la nuit des temps.

Là s'arrête la comparaison. Louis XVI n'avait rien compris à ce qui survenait en France, alors que le comte et l'Église mesurèrent la menace. En parcourant du regard la multitude accourue pour les obsèques, le seigneur décida de se débarrasser de Joséphine, toutes affaires cessantes et par tous les moyens. Trop dangereuse politiquement. Trop symbolique. Trop intouchable. Quant à l'archevêque, il avait reçu des dizaines et des dizaines de messages de fidèles choqués par la mort du boulanger. Sa main n'avait pas tremblé. Il jugea que le père Durand, emporté par la passion, avait outrepassé ses droits en pratiquant l'excommunication. Il décida de l'exfiltrer, le muter de Fleurdécieux vers une paroisse éloignée et le remplacer par un curé moins politique. Le sabre et le goupillon, toujours unis comme les deux doigts de la main, concédaient la part du feu en tolérant l'hommage républicain rendu au boulanger, mais unissaient leurs influences pour contenir l'incendie.

Leur crainte commune était que la presse ne raconte la genèse de l'affaire et que, de proche en proche, cette histoire ne se diffuse dans l'ensemble du pays. Les ingrédients étaient trop accablants. Deux soldats morts de froid, Henri Brissaud qui prête ses granges pour leur venir en aide, le curé qui le maudit, le comte qui prend la tête d'une manifestation et le village impitoyable qui n'achète plus la moindre miche. Du pain béni pour les anticléricaux ! Que de Provence en Aquitaine, du Dauphiné en Normandie, des Cévennes en Picardie, on se raconte cet engrenage à la veillée, et les royalistes comme l'Église se retrouveraient accusés. L'effet serait désastreux dans une opinion publique déjà chauffée à blanc. Même Clemenceau s'en inquiétait, pour des raisons différentes, lui qui voulait en finir avec la guerre des inventaires.

Dans son récit, cousin Jacques s'est longuement attardé sur le rôle étrange des journalistes, à la fois présents et transparents. Comme s'ils avaient obéi à une consigne et l'avaient appliquée à la lettre : rendre compte des obsèques, souligner l'émotion collective, mais s'en tenir à la cérémonie en oubliant pourquoi Henri Brissaud gisait dans son cercueil.

— Je suis sûr que le comte et l'archevêque ont appelé les directeurs de journaux…

Il s'est levé en attisant le feu et en ajoutant du bois, est allé vers sa bibliothèque, en a tiré un cahier plein de coupures de journaux, collées page après page depuis des dizaines d'années. Des photos de lui souvent, pendant les campagnes électorales, mais aussi des documents anciens, dont les fameux comptes rendus des obsèques. Je les ai lus. Les reporters ont écrit que la foule était « immense » et l'émotion « palpable » ; ils ont fait le panégyrique du grand Français qu'était mon arrière-grand-père ; ils ont noté la présence de Georges Clemenceau, du député, des maires du canton, des conseillers généraux, de l'archevêque aux côtés du père Durand, curé de Fleurdécieux. Mais pas un mot sur le rôle du comte et du curé. Rien sur les causes et tout sur l'épilogue.

De cette prose, il suintait à mes yeux l'affreuse hypocrisie d'une unité de façade où trônaient un ministre prudent, un préfet mal assis, un député inquiet et un curé que personne ne savait encore puni, mais dont l'un des reportages disait qu'il avait eu « assez de charité pour bénir le corps d'un suicidé ». Ils l'avaient tous assassiné mais ils le pleuraient en chœur. La rage me montait au nez comme la moutarde et ma résolution s'ancrait : je ferais comme mon arrière-grand-mère. Je ne résisterais pas à la bande d'imposteurs qui exigeaient mon expulsion, je rentrerais en Algérie, loin de ce cloaque.

Je croyais en savoir assez sur l'histoire de mon ancêtre. Je ne connaissais en fait que la partie visible. Cousin Jacques m'a proposé un autre verre de cognac avant de continuer. J'ai dit oui. Je n'étais plus fatiguée.

Ce que voyait le comte, planté à la droite de Clemenceau qu'il détestait et redoutait, était le phénomène que tous les puissants redoutent. Une masse humaine se lève, portée par une même énergie. On était venu des coins les plus reculés du canton et de beaucoup plus loin, on se pinçait, on s'étonnait, certains même s'émerveillaient. Trois jours plus tôt, le boulanger s'était donné la mort à cause de son village, et ce vendredi la même population pleurait derrière son corbillard. Vous me direz qu'en 1944 la France acclamait encore le Maréchal…

Clemenceau n'avait pas pris la parole. Sa présence impressionnante suffisait à rappeler à ce bastion monarchiste, sous emprise religieuse, que le pouvoir républicain aurait le dernier mot. Le préfet prononça un discours de circonstance, plat comme un billard, vantant dans une même envolée le disparu, l'émotion populaire et la présence des élus. Tout le monde il est beau, tout le monde il est gentil…

Seule anicroche à cette ambiance unanimiste, l'expression de Joséphine à côté du cercueil, en surplomb, sur les marches de la mairie. Elle regardait les officiels, puis parcourait cette assemblée versatile, impitoyable un jour, sentimentale un autre, en secouant la tête, l'air de dire : « Vous êtes des misérables et vous me faites pitié… »

L'incident le plus grave eut lieu devant la tombe ouverte, au cimetière. À la demande de l'archevêché, le père Durand avait béni la dépouille à contrecœur, avant qu'elle ne soit ensevelie. Non pas une messe, impensable après un suicide, pas une prière, juste un peu d'eau bénite et quelques paroles rituelles :

— Nous accompagnons notre frère Henri Brissaud…

Une voix forte l'avait brutalement coupé, lancée depuis l'anonymat de la foule :

— Ton frère, tu l'as tué, Caïn. Tu seras maudit !

Un murmure de reproche parcourut l'assistance. Ces hommes durs au travail, ces femmes aux yeux baissés sous leurs foulards admettaient qu'ils s'étaient montrés lâches en obéissant depuis des mois aux consignes du curé, mais ne supportaient pas qu'on l'interpelle ainsi. On s'était déplacé, on savait que Brissaud avait souffert à en mourir, on le regrettait, on le prouvait en suivant son corbillard, mais on faisait bloc devant ce genre d'éclat. Union sacrée. On ne parle pas de la sorte à un prêtre, en présence des autorités ! D'abord le respect des usages, quitte à s'entretuer. Le curé avait levé la tête en direction de la voix, regard indifférent sous ses sourcils de taureau, puis avait achevé sa bénédiction. *In nomine Patris*. Il avait d'autres soucis. Il maudissait le mort que l'on descendait dans la fosse. Demain, à cause de lui, sous les yeux du village, il monterait sur une charrette et partirait comme un proscrit.

11

Cousin Jacques s'est tortillé sur son fauteuil. J'ai pensé qu'il avait mal aux reins, ou sommeil, mais ce qui le tourmentait ne tenait ni aux rhumatismes ni à la fatigue. Il portait ce malaise depuis le jour où Auguste, son père, lui avait confié, dans un même mouvement, la boulangerie et ses secrets de famille. Mon arrivée, l'année dernière, n'avait rien arrangé. Dès qu'il parlait d'Henri, et surtout du départ de Joséphine, quelque chose s'enrayait dans son discours. Or il venait d'achever le récit du suicide et des obsèques, et le moment était venu de m'expliquer pourquoi ma bisaïeule, totalement démunie et sans doute abandonnée par sa belle-famille, avait dû fuir en Algérie. C'est sur ma propre vie qu'il allait revenir, sur la raison qui m'a fait naître algérienne, et le récit se bloquait dans sa gorge…

Il s'est redressé et j'ai vu qu'il avait pris sa résolution.

— Nadia, il faut que je te dise. Il y a trois ans, quand j'ai retrouvé ta mère au Congrès international de la boulangerie, à Bordeaux, le hasard n'y était pour rien. Depuis l'adolescence, je me suis passionné pour la généalogie, je suis capable de te donner le nom du maire qui a fait appel au premier Brissaud, en 1794, et je suis remonté jusqu'aux années 1600 dans les racines de la famille. En même temps, je fais de la politique depuis ma prime jeunesse, toujours dans le rang des laïcards, toujours contre la dynastie des aristos qui nous gouvernent, toujours fâché avec les curés. Alors tu peux imaginer la bouffée d'adrénaline, quand mon père m'a raconté l'histoire des soldats morts de froid, l'intervention d'Henri Brissaud, la malédiction lancée par le curé, le suicide et le départ de sa compagne aux colonies. J'ai remué les archives, ou plutôt, je t'expliquerai plus tard, j'en ai fouillé certaines et d'autres sont venues jusqu'à moi. Et j'ai appris des choses.

Cousin Jacques n'avait pas eu de mal à trouver la première information : elle dormait dans un fichier des candidats à l'émigration. Joséphine y figurait, sa destination aussi. À partir de là, il était remonté jusqu'à l'adresse de ma mère et avait pleuré en découvrant qu'elle était boulangère. Sur la deuxième information il n'avait pas été précis. À l'écouter, ce n'est pas lui qui l'avait débusquée, mais elle qui était venue à lui. Un jour de 1995, quelqu'un la lui avait « vendue ».

— Vendue ?

— Je t'expliquerai…

Ce qu'il avait appris était tellement dérangeant qu'il avait décidé de partager le secret avec ma mère. Comment ? En la faisant inviter au congrès des boulangers dont il était l'un des organisateurs.

Il s'était interrompu…

— Depuis que tu es là, je te guette, tu dois parfois me trouver bizarre. En fait, je me demande si tu es au courant, j'ai l'impression que non… Elle ne t'en a jamais parlé ?

— Presque rien. Elle m'a dit que l'arrière-grand-père avait été maudit et que l'arrière-grand-mère s'était retrouvée toute nue, ou quelque chose comme ça. En fait je crois qu'elle s'en fichait. Cette histoire la gavait.

Elle n'avait pas envie de l'entendre. Elle était algérienne ma mère, à cent pour cent, pas vendéenne. Tu sais à quoi on les reconnaît les Algériens pur sucre ? À leur chauvinisme. Ils passent leur temps à dire du mal de leur pays mais ils se fâchent si toi tu touches à l'un de ses cheveux, surtout si tu es française. En plus, ma mère n'était pas seulement algérienne, elle était algéroise, une fanfaronne qui la ramène, une forte en gueule, heureuse et fière de l'être, alors tes « salades vendéennes », elle me l'avait dit une fois, elle préférait la *chakchouka* !

Jacques a souri quand j'ai prononcé ce mot, en forçant sur l'accent arabe : le nom d'un plat délicieux composé de poivrons frits, de tomates et d'œufs au plat cuits directement sur les légumes.

— Et toi, la cuisine vendéenne, ça t'intéresse toujours ou je la remets dans la marmite ?

— Tu remballes rien, mon cousin, au début je n'aimais pas trop mais maintenant j'ai la fringale ! Au fond je suis comme toi… Je dois être un peu généalogiste… Elles me passionnent, tes histoires de famille, je veux même du rab ! Dans deux semaines ils m'auront expulsée, comme Joséphine, c'est rigolo, tu ne trouves pas, cette histoire qui recommence ?

— Pas vraiment…

Sa voix s'était détimbrée. Il m'a parlé de son grand-père Gustave sur un ton surprenant pour un homme dont la fibre familiale vibrait à chaque occasion. Tout en distance et en prudence, presque en reproche. Gustave était le cadet d'Henri et n'avait pas été choisi par le père pour tenir la boulangerie, en 1895, quand il s'était senti trop vieux. Gustave préférait les travaux des champs à ceux de la farine, même s'il avait appris à pétrir et cuire le pain. Et le patriarche le jugeait trop renfermé pour tenir un commerce. Autant Henri était extraverti, explosif, aimant la castagne et la harangue, autant Gustave se serait caché dans un tiroir plutôt que de prononcer un discours en public. Henri avait été premier de sa classe, jusqu'au certificat, Gustave s'était arrêté au cours moyen. Henri était resté longtemps célibataire et séducteur, et vivait désormais avec une très belle femme, Gustave avait aussi épousé une jolie voisine mais elle avait tellement changé : en état de grossesse perpétuelle, six enfants nés entre 1895 et 1900, elle aurait explosé sa robe de mariée en cas de secondes noces ! Henri avait le sens des affaires et vivait bien, Gustave comptait ses sous mais ses calculs étaient vite faits : il n'avait rien. Henri était politiquement engagé, ambitieux peut-être, Gustave avait les mêmes idées laïques, les idées familiales, mais le trouvait excessif. Et puis le père préférait son aîné, c'était injuste mais c'était ainsi, si bien que le cadet traînait un mal de vivre irréparable.

C'est donc un homme timide, âgé de quarante ans et secrètement jaloux, qui assistait aux obsèques de son aîné, aux côtés de Joséphine qu'il trouvait frivole et prétentieuse, juste derrière Clemenceau, le comte et la ribambelle de maires. La descente aux enfers de son frère, depuis trois mois, l'avait profondément marqué. D'abord parce qu'il l'aimait beaucoup, même s'il le jalousait. Et puis le sermon du curé l'avait secrètement réjoui juste après la mort des deux soldats, et il se sentait coupable. Il n'avait jamais souhaité le malheur de son grand frère, il lui disait seulement : « Henri, tu vas trop loin », et pour une fois les événements avaient eu l'air de lui donner raison.

Il n'avait pas imaginé la suite, le pauvre : la manifestation fomentée par le comte, le village qui applique la consigne à la lettre en n'achetant plus un seul pain, le boulanger qui s'épuise au goutte-à-goutte sur les chemins du bocage. Désormais qu'il était trop tard, que le cercueil descendait dans la fosse, il se reprochait à la fois son plaisir pendant l'homélie et son silence au moment du chemin de croix. Il avait gardé les poings fermés, comme tout le village. Pourquoi n'avait-il pas tendu la main à son frère en l'aidant dans sa tournée au lieu de se taire, en se disant qu'il était trop fier ? Pourquoi, au moins, n'avoir pas poussé sa porte plutôt que de s'enfermer chez lui ?

Il marmonnait sur le village et sur lui-même quand le comte lui avait fait signe de la tête. Il avait obéi instinctivement et s'était approché. Gaétan Mesnard de Curzon l'avait pris par les épaules, paternellement, en lui glissant à l'oreille :

— Toutes nos condoléances, monsieur Brissaud, cette cérémonie est bien réconfortante, mais je dois hélas vous voir pour de mauvaises nouvelles. Venez lundi au château. Je crains qu'il n'y ait des problèmes avec votre héritage, je ne peux pas vous en dire plus, je n'en sais d'ailleurs pas davantage. Mais j'ai peur qu'il y ait des difficultés avec votre... votre... Comment l'appelez-vous ? Votre « belle-sœur naturelle » ? À lundi, monsieur Brissaud...

Gustave n'avait pas eu le temps d'ouvrir la bouche que le comte s'était glissé hors de sa portée, dans le rang des personnalités.

Cette scène, c'est le père de Jacques, Auguste Brissaud, qui la lui a rapportée au soir de sa vie. Il s'en dit des choses, au soir des vies humaines, dans cette Vendée taiseuse, comme s'il fallait vider son sac avant le grand saut, pour voyager léger. Et si mon cousin m'en parlait à son tour, c'est parce que cette révélation l'avait dérangé pendant sa jeunesse, puis carrément troublé à partir de 1995. Elle faisait, et fait toujours de la famille Brissaud, ma famille, la victime d'une machination affairiste et religieuse, mais sa complice en même temps, puisqu'au bout de l'épisode c'est mon arrière-grand-mère Joséphine qui fut dépossédée, et Gustave, frère mal aimé d'Henri et grand-père de cousin Jacques, qui devint boulanger.

Décontenancé, Gustave s'était approché de Joséphine, pour lui dire qu'il se passait des choses, du côté du comte. Mon arrière-grand-mère, bouleversée par les obsèques, épuisée par les semaines affreuses qu'ils venaient de traverser, elle et son compagnon, et par l'épilogue affreux, avait brutalement écarté Gustave, s'était approché du groupe qui faisait la cour à Clemenceau et avait levé sa voilette de deuil :

— Monsieur le comte, pouvez-vous répéter à monsieur le ministre de l'Intérieur ce que vous venez d'apprendre à mon… à mon beau-frère ?

— Je lui ai présenté mes condoléances, madame, et je m'incline aussi devant votre chagrin. C'est un malheur immense qui vient de vous frapper et de frapper notre village.

Clemenceau, qui connaissait Joséphine, les regardait de son air redoutable, elle et le comte. Ses paupières lourdes allaient de l'un à l'autre. Il avait tout compris. Il jaugeait l'aristocrate sans illusion, mais ravalait sa colère froide, puis tournait les yeux vers la jeune femme, dans un mélange d'embarras, de tristesse et de résolution. Il n'avait aucune idée du fin mot de cette affaire particulière, ni de sa nature précise, mais il comprenait que ce Mesnard de Curzon, qu'il rencontrait à l'Assemblée, avait encore « magouillé quelque chose ». Dans un soupir, l'homme qui dix ans plus tard, pendant la Grande Guerre, aurait d'autres dilemmes sanglants à trancher et d'autres hommes à sacrifier, choisit de s'en tenir à sa disposition d'esprit. Décréter la paix des braves, fussent-ils de braves salauds. Quand Gustave, dans un sursaut de courage, s'approcha de lui, prit ses mains comme on le fait pour les prêtres et confirma sur l'honneur que le comte lui avait donné rendez-vous au sujet de l'héritage, il répondit d'une voix neutre, en s'adressant aux trois :

— Vous savez, chers messieurs et chère madame, la France nous regarde, et la France ne supporte plus ces déchirements entre ceux qui croient en Dieu, comme monsieur le comte, et ceux qui, comme moi, ne croient qu'en la République et la laïcité. Il faut nous réconcilier et nous devons commencer ici même. Allez voir votre député, monsieur Brissaud, puisqu'il souhaite vous entretenir et que le village reprenne sa vie.

C'est ainsi qu'un grand homme, un républicain mythique, un héros devant l'histoire, un Tigre en devenir, jeta la dernière pelletée sur le corps de l'un de ses militants les plus actifs, Henri Brissaud, sous le regard du curé qui l'avait rayé du monde. Le char de l'État, dans sa marche inflexible, ne dévierait pas de sa route, quitte à rouler sur le corps d'un Grand Frère.

Le lundi, à la première heure, Joséphine se rendit chez le notaire, sans illusion. Elle savait depuis le vendredi que le maître du pays, le comte, s'était mêlé de l'héritage d'Henri, et que ça ne présageait rien de bon, mais elle en avait assez. Elle voulait en avoir le cœur net et s'en aller d'ici, coûte que coûte. Elle avait trop concédé par amour, pour ne plus avoir d'histoires, et avait tout perdu au bout du compte – sa liberté de parole et le compagnon pour qui elle se taisait depuis trois ans.

Le notaire la reçut dans son bureau, avec des égards excessifs. Un grand échalas triste, 1,90 mètre emmanché d'un long nez. Il s'assit à sa table, croisa les mains, présenta ses condoléances, puis prit une longue respiration.

— Je vous écoute, madame…

— Comment ça, « je vous écoute », maître ? N'est-ce pas à moi de vous écouter ?

— Que voulez-vous que je vous dise, à part mon émotion devant le malheur qui vous frappe ?

— Je veux que vous me lisiez les volontés que mon… qu'Henri Brissaud vous a confiées.

— Il ne m'a rien confié, madame.

— Allons ! Il m'en a parlé la semaine dernière encore.

— Je n'en doute pas, madame, mais à moi il n'a rien laissé. J'aurai bientôt à connaître et à gérer ses dernières volontés, mais pour l'heure je n'en dispose pas. Elles sont entre les mains des autorités. On a retrouvé une lettre dans sa poche…

Elle vacilla quelques instants, saisie par le doute, mais se reprit aussitôt. Cet aller et retour entre l'angoisse d'avoir été trompée par Henri et la certitude d'être dupée par les notables de Fleurdécieux ne la quitterait plus jusqu'au dernier jour de sa vie. Elle se leva, tourna le dos à l'homme de loi, se dirigea vers la porte, la poussa et se retourna d'un coup.

— Vous êtes un escroc, monsieur le notaire. Un escroc. Bien le bonjour à monsieur le comte.

Cramoisi, il fit mine de se plonger dans un dossier.

Ce qu'il s'est dit l'après-midi, au château, est resté pendant soixante-dix-neuf ans l'objet de fantasmes et d'interrogations. C'est le récit officiel de la rencontre entre Gustave et le comte, tel qu'il émane de l'intéressé lui-même. Il a toujours prêté à confusion.

Selon Gustave, le comte s'était montré chaleureux. Il la jouait compassionnel, poli comme un ordonnateur des pompes funèbres. Dans un tiroir, il avait tiré un papier froissé et l'avait tendu à son interlocuteur. C'était une lettre à la belle écriture régulière, avec ses pleins et ses déliés : le message posthume retrouvé sur le corps d'Henri.

— Reconnaissez-vous cette écriture ?

— Oui, je crois… Vous savez, on s'écrivait pas beaucoup… Mais oui, c'est lui.

Dans le souvenir que Gustave a livré à son fils Auguste, lequel l'a rapporté à cousin Jacques, Henri disait dans sa lettre d'adieu qu'il avait ressenti un violent repentir. Chose incroyable pour un athée dont la vie était vouée à la bataille contre l'Église, il avait voulu mourir parce qu'il avait offensé Dieu et le village. Il n'avait plus le courage de vivre. À l'écart il ne pouvait pas, à l'intérieur il ne pouvait plus. Il demandait qu'on lui pardonne d'avoir abrégé son existence. En guise de réparation il donnait tous ses biens à la ville, en recommandant qu'ils soient vendus et qu'une part des bénéfices soit confiée à la paroisse. Il demandait enfin qu'une somme de mille francs soit donnée à Joséphine pour qu'elle refasse sa vie ailleurs.

Gustave avait péniblement déchiffré, lui qui lisait à peine. Il fut si stupéfait qu'il demanda au comte de lui relire la lettre. À ses fils, il avait raconté la suite et d'abord sa protestation.

— C'est impossible, monsieur le comte. Henri ne peut pas avoir écrit une chose pareille. La boulangerie vendue à l'Église ? Je ne peux pas le croire.

Le comte s'était alors levé et l'avait consolé, « comme un homme simple ». Il l'avait regardé dans les yeux en disant qu'il comprenait son émotion. Il avait aussi promis de faire quelque chose « pour arranger les choses entre amis ». Il avait même cité son ennemi, Georges Clemenceau :

— Vous avez entendu le ministre, cher monsieur Brissaud ? Il souhaite que nous tournions la page. Que nous repartions d'un bon pied, tous ensemble. Je vais vous faire une proposition. Quand la mairie vendra les biens, je les rachèterai. Et si vous le voulez bien, je vous céderai la boulangerie pour le franc symbolique. Ce que je veux c'est ramener la paix au village.

Il s'était interrompu et avait marché de long en large pendant une bonne minute, sans rien dire. Puis il avait repris Gustave par les épaules :

— Qu'en dites-vous, monsieur, Brissaud. Vous ne me répondez pas ? Cela vous convient-il ? Je vous laisse libre. Si vous acceptez mon offre le village vous remerciera. Un nouveau curé, un nouveau boulanger, la vie pourra recommencer, comme avant.

Dans son récit, Gustave avait reconnu son hésitation. Il en avait envie et il ne voulait pas. La perspective de devenir le boulanger de Fleurdécieux à la place de son grand frère le renvoyait à son humiliation quand son père l'avait écarté. La proposition de Mesnard de Curzon avait une saveur de revanche. Mais, en même temps, Gustave était un Brissaud, un Brissaud aux épaules rentrées, un Brissaud à la petite bouche, un Brissaud aux yeux d'oiseau, mais un Brissaud quand même. Le parti catholique n'était pas son affaire, et le comte pas sa tasse de thé. Cette lettre manuscrite, dont il reconnaissait l'écriture, il la trouvait impensable et il l'a répété jusqu'au soir de sa vie. Il était inhibé, faux jeton comme le sont les chiens maltraités, mais il avait oublié d'être idiot. Il l'avait vu venir, le comte, gros comme un château, et n'avait pas aimé son offre. Il avait donc éludé :

— Mais Joséphine ?

— Ne vous inquiétez pas. Vous avez lu ? On va lui donner de l'argent… Mais il faut qu'elle décampe. Vous m'entendez, Brissaud ? Qu'elle fasse sa vie ailleurs. Ici on veut vivre en paix. Tope là ?

Selon ses dires, Gustave n'avait pas topé. Il avait refusé. Il n'avait pas trahi sa famille. Ses enfants et petits-enfants ont longtemps préféré cette version, en se posant des questions. Cette lettre était-elle authentique ou fausse ? L'avait-il contestée pour de bon, ou avait-il cédé à l'attrait des trente sesterces ? S'il l'avait contestée, pourquoi le comte était-il arrivé à ses fins, en faisant partir Joséphine contre la vente de la boulangerie ? Et avec quel argent Gustave avait-il racheté la boulangerie au comte, quand celui-ci l'avait acquise après sa vente par la mairie ? Il répondait qu'une banque lui avait concédé un prêt. Ses héritiers n'en ont pas trouvé trace.

Ce que Gustave a rapporté à Joséphine, nous ne le saurons jamais. Quelque chose de bancal, forcément, puisque le comte avait été catégorique à son sujet : elle devait décamper. Cette femme était le symbole d'un remords collectif, dirigé contre l'Église et lui-même. Lors des obsèques, devant la foule, l'homme fort de la région avait pris peur. Et si elle rassemblait les opposants républicains ? Et si elle contestait son emprise ? L'obsession de ce seigneur vendéen n'était ni les terres ni l'argent, il en avait en abondance, mais l'assurance d'un pouvoir pour mille ans. Beaucoup plus tard, pendant la Seconde Guerre mondiale, cette névrose le conduisit à sa perte : en 1945 il fut déchu de ses droits civiques pour avoir offert ses services à l'occupant nazi. Il laissa ses fonctions d'élu à l'un de ses fils, qui les transmit à son tour au comte des temps modernes, l'homme qui avait adopté Edmond « Deux-en-un » et obtenu mon expulsion. Le monde est petit, mais n'anticipons pas.

Au mois de septembre 1906, Gaétan Mesnard de Curzon prit possession de la plupart des biens légués par Henri à la mairie, au cours d'une vente aux enchères arrangée entre amis, Gustave *racheta* la boulangerie à son nouveau propriétaire et Joséphine reçut la somme de mille francs de l'époque, environ une année de salaire d'ouvrier agricole. Une espèce d'indemnité de licenciement… Convaincue qu'Henri n'avait rien voulu de cela, mais plus que jamais décidée à fuir cette société sous cloche, elle rassembla ses affaires aussi vite qu'elle le put. Les semaines qui suivirent elle n'adressa pas la parole à son beau-frère, qui s'installa dans sa boutique, les yeux au ras du sol. Elle partit en septembre, la rage au ventre, le ventre rond d'une femme enceinte qu'elle ne dissimulait plus et portait même comme un réquisitoire.

Quand elle quitta Fleurdécieux, sans se retourner, Gustave la suivit longuement du regard, plus torturé que jamais. Il le savait, la silhouette qui s'éloignait dans une charrette, vers La Roche-sur-Yon puis Paris, emportait l'héritier véritable, ou l'héritière, du frère adoré et haï dont il prenait enfin la place.

De petites flammes soupiraient dans la cheminée. Dans cette intimité tranquille cousin Jacques venait de m'apprendre que la maison où nous étions, sa maison de père en fils, m'appartenait peut-être, de même que la boulangerie où je travaillais depuis presque un an, et autant que l'ancienne bergerie transformée en appartement et louée à une famille venue de Paris, un ingénieur, sa femme et leur enfant unique. Tout cela était à lui par le fruit du fanatisme religieux et de son complice collatéral, l'affairisme politique. Il était l'héritier d'une magouille mortifère, et moi, au bout du compte, la descendante de la victime.

À vrai dire je m'en fichais. Au bout d'un siècle, les passions sont éteintes, comme les actions judiciaires. On ne réveille pas les morts, on raconte leur histoire et j'en savais assez. Et puis elle me lassait, la Vendée. Ma vie n'était pas là. J'aimais beaucoup ce grand cousin, que je ne connaissais pas l'année passée encore, et je l'aimais encore plus à voir sa figure défaite, celle d'un enfant pris en flagrant délit. J'avais une pensée tendre, aussi, pour ce beau rêveur d'Edmond, mais j'avais envie d'Alger, envie de vivre, de soleil, de lumière, et surtout envie d'Hakim, de son corps, de ses yeux. Et ce qui me touchait le plus dans ce que je venais d'entendre, c'est que des hommes avaient infligé à mon ancêtre Henri, presque un siècle auparavant, ce que d'autres ont fait à ma mère, l'année dernière. Ils l'ont saignée au nom de Dieu. J'ai fui un fanatisme pour tomber dans un autre, identique dans sa nature, son jumeau messianique. J'ignore lequel est le pire et je ne veux pas établir de palmarès entre le *djihad* ou les croisades, les *fatwas* ou l'Inquisition, mais je sais qu'une même ivresse métaphysique, une hystérie sacrée, a égorgé ma mère à Alger et suicidé mon aïeul en Vendée.

J'ai posé la main sur le poignet de Jacques, qui avait l'air si malheureux.

— Merci, cousin…

— Y'a pas de quoi.

— Pourquoi tu fais cette tête ? Tu as peur que je t'expulse ?

Il s'est détendu, nous avons ri, et bu un cognac de plus. Ça commençait à tourner… J'avais pourtant d'autres demandes, et la première d'entre elles : pourquoi tenait-il tant à me raconter cet épisode de l'héritage, vrai ou faux ? Cette question nous a conduits beaucoup plus loin que je ne pouvais l'imaginer. Je pensais en avoir fini avec l'année 1906, et elle m'a rattrapée une semaine avant mon départ, à quarante jours de l'an 2000 :

— Cousin, ça t'a pris quand ce besoin de rencontrer ma mère, et maintenant de m'accueillir chez toi comme si on se connaissait depuis toujours ? Parce que bon… Elle est tordue ton histoire, mais elle date de Mathusalem. Il y a prescription ! Tu n'étais même pas né quand elle est arrivée, et ton père était tout petit.

— Oui, il avait neuf ans. Il est né en 1897.

— Donc c'est de l'histoire ancienne…

— Tu sais, elle est bizarre, l'Histoire. Tu l'oublies et un jour, elle te rattrape. On dirait qu'elle se répète et qu'elle t'attend.

— Et tu l'as croisée quand, l'Histoire ? Dans la rue ? Et elle avait quelle tête, l'Histoire ?

— La tête d'un drôle de type… Mais il est tard, là, et j'ai trop bu. On remet ça demain ?

— D'accord, demain…

12

Donc, le lendemain soir comme convenu, nous avons installé des bûches dans la cheminée, allumé le feu, rempli nos verres, et Jacques a repris son récit, cette fois sous le contrôle de sa femme Élisabeth, qui nous avait rejoints. Il l'a fait à sa manière, tout en lenteur, en évoquant à la fois le pays et la famille. Bien calée dans mon fauteuil, j'étais moins impatiente. J'avais compris que dans cette Vendée on ne sépare pas l'histoire des gens et le rythme de la vie. Il faut donner du temps au temps, comme disait François Mitterrand. On le croit rangé dans les archives, le passé, mais il revient telle la nymphe Écho, en répétant les mots des hommes et des femmes, longtemps après leur mort ou leur départ. Henri enterré, Joséphine partie, plus personne ne parlait d'eux, à voix haute, plus personne ne savait où la jeune femme était allée, mais leurs noms se chuchotaient encore, de bouche à oreille.

Gustave en savait quelque chose, lui qui se croyait tiré d'affaire. Il avait embauché un mitron et s'était mis au travail. Le gros de la clientèle était revenu, même si le pain n'avait pas le bon goût d'antan. Les gens étaient gentils, ils voulaient oublier les déchirures. Aller de l'avant. Un bien grand mot d'ailleurs, pour un oubli intéressé. Ils voulaient d'abord tourner la page de leur propre cruauté.

De mois en mois, la qualité du pain s'était améliorée. Le nouveau boulanger, entreprenant, s'était acheté une petite camionnette pour assurer la tournée que son frère avait créée dans l'espoir d'éviter la ruine. La vie normale en quelque sorte : travaux des champs, troupeaux que l'on mène au pré, mariages, enterrements, communion, messe du dimanche, processions… La rassurante éternité de la routine et des coutumes, sauf que le passé préparait son come-back, comme un chanteur ses rappels. Pendant cent ans ça n'allait plus cesser.

Le premier coup de revenez-y fut provoqué par un vieil original. Un an après les événements, alors que le village se rendormait du sommeil du juste, ce drôle de type aux mains maculées de peinture s'était mis à hanter la boulangerie. Il y entrait tous les matins vers 10 heures, levait son bonnet, saluait en s'inclinant et s'écriait sur un air de défi :

— Bien le bonjour de Joséphine !

« Le peintre », comme on le surnommait, était un type à moitié bossu qui se prenait pour Toulouse-Lautrec. Il peignait des paysages et des portraits dans un style figuratif, voire hyperréaliste. Sa maîtrise de la couleur et de la composition laissait à désirer, mais son dessin était précis, et son ardeur au travail d'autant plus féconde que le comte et le maire achetaient ses toiles à la chaîne. On aurait dit des mécènes et leur artiste – quasiment Jules II et Michel-Ange… Mis à part les jaloux, personne n'aurait trouvé à y redire si chaque matin, pinceaux à la main et chevalet sous le bras, cet artiste officiel n'avait poussé la porte, salué l'assistance et lâché sa provocation :

— Bien le bonjour de Joséphine !

Au début, le boulanger et les clients avaient mimé l'indifférence, puis ils s'étaient agacés et ils avaient fini par ne plus supporter ce sous-entendu dont ils comprenaient l'objet, mais pas le sens. Ils décidèrent de s'en plaindre aux autorités. Soucieux de ramener l'ordre, le maire et le comte avaient menacé l'artiste, mais en pure perte. Il leur avait ri au nez :

— Vous voulez que je développe davantage ?

Ils n'avaient rien répondu et le manège avait duré sans que les deux élus, à l'étonnement général, ne renoncent à leur soutien financier. Pour des raisons inexplicables, « le peintre » se moquait du monde et vivait sur la bête. Ailleurs, sans doute, cette excentricité aurait semé la discorde, mais pas à Fleurdécieux. Ici on ruminait ses désaccords mais on ne les exprimait pas. Le maître décidait, le peuple exécutait. D'ailleurs, les années passant, on s'était habitué. Le bossu poursuivit sa tournée, mais on ne l'entendait plus : il se fondait dans le décor. Il devenait le fou du village, celui dont le rôle est d'être original. C'est pratique la folie pour écluser les problèmes encombrants. On dit « fou » et ce qui n'est pas supporté devient plus supportable. Le vieux bonhomme continua son numéro, comme le coucou d'une horloge, sans étonner personne, jusqu'au jour où le tocsin sonna le glas. C'était le 1er août 1914. Le lendemain, les hommes partirent en chantant, pour une guerre qui devait durer trois semaines.

En 1915, Gustave perdit son fils aîné à Verdun, puis son second en 1917, sur la Somme. Ce malheur le brisa et il se mit à divaguer. En 1918, après l'armistice, il confia à Auguste, son troisième fils enfin rentré du front à l'âge de vingt et un ans, que ses deux grands frères n'étaient pas morts à cause des Boches mais par sa faute. Il disait qu'il payait en tant que père ce qu'il avait fait à son frère et sa belle-sœur.

La France fêtait sa victoire, mais elle mesurait son prix. Autour des monuments aux morts on avait beau distribuer des médailles à tour de bras, agiter des drapeaux, sonner du clairon, le spectacle était pathétique, avec ses rangs de gueules cassées, d'unijambistes, d'hommes-troncs, de gazés, de grands traumatisés.

Dans son village défiguré, Auguste apprit l'existence de la lettre et comprit le remords qui tourmentait son père. Il en conçut une rage obsessionelle envers le comte et le parti catholique.

Quelques mois plus tard, en passant devant le fournil, le jeune homme sentit une forte odeur de pain brûlé. Il poussa la vieille porte et retrouva Gustave allongé sur le sol, foudroyé par une attaque cérébrale qui le laissa handicapé, une jambe raide et le visage tordu. Désormais, parmi les grands blessés de guerre, l'héritier des boulangers Brissaud promena sa gueule de grand blessé de l'âme.

L'été suivant, à bout de forces, il proposa à son fils d'assurer sa succession. Auguste n'en voulut pas, puis se laissa convaincre. Le père et le fils devinrent associés jusqu'à la mort du premier.

— Venge-moi du comte, tous ces malheurs sont de ma faute, mais c'est à cause de lui, répétait Gustave en pleurant sur son état…

Auguste ne se le fit pas dire deux fois. Sa ressemblance avec l'oncle Henri était impressionnante : carrure d'athlète, mâchoire virile, regard ferme, humour, charme et convictions politiques chevillées à une âme qui ne croyait pas en Dieu. Les Floriciens ne tardèrent pas à l'appeler le « Petit Frère », en référence au « Grand ». L'origine de ce surnom est incertaine. Pour les amis du boulanger des années 1930, le village rendait hommage à son bon cœur et à ses œuvres. Pour ses ennemis, cet anticlérical déclaré était d'abord un franc-maçon.

Dès 1925 le jeune homme se présenta aux élections municipales contre le candidat du comte, mais fut battu à plates coutures en dépit du prestige de Clemenceau, dont il se réclamait. Il ne désarma pas, fit ouvrir la première école laïque, au grand dam du curé et de la calotte, y fit inscrire ses deux enfants, les deux de son cadet et les fils encore uniques de ses deux derniers frères. Cette école, comme tout ce qui touche à la querelle du ciel et de la terre à Fleurdécieux, fut l'objet d'une rancune plus tenace que le chiendent. Dans les années 1970, quand la fille de Jacques y fut recrutée comme éducatrice, plutôt qu'à l'école religieuse, une partie du village ne lui adressa plus la parole.

En 1931, alors que cousin Jacques avait un an, Auguste se représenta et fut encore battu, mais moins radicalement, si l'on ose dire à propos d'un radical… En 1932, il osa l'offense ultime en affrontant directement le comte lors des législatives, en tant que suppléant d'un candidat fort gênant pour la droite catholique, puisqu'il était lui-même abbé : l'abbé Sureau. Le combat ne cesserait plus. Depuis ces années troubles où la France était travaillée par l'antisémitisme et la fascination des dictatures environnantes, chaque élection législative ou municipale est l'occasion d'un affrontement du boulanger contre l'aristocrate.

Au soir du premier face-à-face, Auguste Brissaud eut l'occasion d'endurer ce que son oncle Henri avait souffert en 1906. Le comte lui envoya sa milice ! Une bande de nervis avinés descendit jusqu'à sa porte en criant des slogans hostiles pendant toute une journée.

Pour le prouver, mon cousin Jacques s'est levé, a fouillé dans ses archives et m'a tendu la copie d'un article de *La Vendée*, daté du 15 mai 1932.

Le député sortant venait d'être réélu, mais l'abbé Sureau et son suppléant Brissaud avaient fait un joli score. Le soir des résultats, selon le journal dont le correspondant affectionnait les très longues phrases, « un bon groupe d'électeurs, enthousiasmés par le brillant succès de M. Mesnard de Curzon, leur sympathique et si dévoué député-maire, décida, d'un commun accord, de se rendre à Fleurdécieux, localité située à 1 500 mètres, pour protester contre les louches et basses menées de M. Brissaud, boulanger, plus connu sous le nom de "Petit Frère", lequel était venu la veille des élections, en compagnie d'un autre sectaire, M. Miraman, le mari de l'institutrice laïque, apposer les affiches de l'abbé Sureau, pour l'élection duquel ils avaient fait tous deux, les jours précédents, une campagne acharnée ».

La suite du papier décrit le cortège, clairon en tête, massé devant le domicile du boulanger et chantant un refrain vengeur :

Hardi contre la clique
Sans patrie et sans Dieu
Pour la foi catholique
Vivent la France et Dieu !

L'article ne s'arrête pas à ce quatrain sacré. Il indique que les manifestants insistent, ils en veulent davantage, le monôme à la sortie des urnes ne les satisfait pas. Ce qu'ils réclament c'est la personne du boulanger : « Le Petit Frère était renfermé chez lui et ne montrait pas le bout de son nez. Les chants et les cris recommencèrent à un diapason plus élevé car les habitants de Fleurdécieux se joignirent aux Saint-Pierrois, et tous crièrent : "À bas le Petit Frère !" »

Ainsi, à vingt-six ans de distance, le même élu royaliste actionnait ses hommes de main en appuyant, comme à l'époque, sur le clavier religieux. Henri fut excommunié,

Auguste fut assiégé, mais le principe se répétait : envoyer un message aux villageois tentés par les idées laïques. Les remettre à leur place. Les renvoyer à leur devoir de silence et d'obéissance.

Voici comment s'achève l'article : « Cette scène de protestation dura plusieurs heures pour recommencer le lendemain. Dès qu'ils aperçurent la voiture de Brissaud, ils quittèrent leur veste qu'ils retournèrent, imitant par là le geste qu'avait fait le boulanger mangeur de curé, lequel, pour la circonstance, s'était donné pour mission de faire triompher le candidat des loges maçonniques. La manifestation a duré toute la journée dans le village où les mêmes hommes se sont rendus, vestes à l'envers, au grand étonnement des paysans qui riaient comme des bossus. »

Cette comédie m'a renvoyé à mon pays natal, qui en produit à la chaîne :

— Finalement, ton comte, c'était un peu mon Bouteflika…

Chatouilleux sur le sujet, Jacques n'a pas goûté le commentaire.

— Un Bouteflika héréditaire, tu veux dire ! Le sang bleu depuis des siècles. Le père jusqu'en 1945, le fils ensuite, et moi je me coltine le petit-fils.

— Du calme, cousin ! Et eux, ils se coltinent le pape ? Ils ont qui en face d'eux ? La compagnie Brissaud et fils, établie depuis 1794 ! Une dynastie d'opposants. Et ça va continuer. Avoue que tu penses aux élections municipales de 2001.

— Joker.

— Tu n'en as pas assez d'être battu tous les six ans ?

Jacques a franchement rigolé et ça m'a fait du bien.

Ce qui m'a frappée dans le récit de mon cousin, c'est l'éternel recommencement. Les événements d'un jour qui reviennent longtemps après, ni tout à fait eux-mêmes, ni vraiment différents, comme si le temps était cyclique. Dans ce mouvement pendulaire, l'affaire du boulanger Henri Brissaud occupe une place à part. On la croyait enterrée, elle est ressortie de sa boîte. Pendant un siècle elle a dormi comme une légende, ou un péché originel. La plupart n'y pensait plus, mais quelques-uns boudaient encore. Il a fallu la guerre de 40 puis la Libération pour espérer la reconciliation, mais le fantôme de la boulangerie du Diable hantait encore le logis.

On avait espéré que les horreurs de la guerre auraient servi de leçon. Dans les camps, les monarchistes et les bouffeurs de curé avaient souffert des mêmes épreuves, et ces tourments avaient remis les pendules à la même heure. Les uns et les autres avaient compris que la vieille lutte des croyants contre les athées était une comédie. L'enfer c'était la guerre et pas leurs différences. Les passions religieuses ou terrestres n'étaient que des prétextes à s'entre-massacrer. Les clergés, la société sans classes, l'homme nouveau, les utopies, la patrie, les sacrilèges, le paradis, le purgatoire, ils en avaient leur claque…

Et pourtant, même après ces heures de vérité, quelques irréductibles entretenaient encore la flamme des autodafés. En 1986, soit quatre-vingts ans après l'affaire, lorsque Jacques livrait son pain dans un petit château, une cliente prit un air dégoûté en regardant la camionnette :

— Brissaud ? Vous êtes le boulanger Brissaud ?

— Pour vous servir, madame.

— Votre pain n'a pas bon goût.

— Pourquoi ?

— Vous le savez bien. La boulangerie du Diable…

— Dans ce cas, pour ne pas vous offenser, je ne m'arrêterai plus chez vous.

— Je n'ai pas dit ça. Je suis bien obligée. Mais votre pain, nous ne le mangeons pas de bon cœur, monsieur, et vous devez le savoir…

13

Manifestations, élections, boulangeries, le cycle des retours n'a jamais cessé. Il s'est même amplifié en 1995, de façon spectaculaire. Ce qui s'est passé ce jour-là dans la boulangerie de mon oncle a conduit jusqu'à ma mère, puis à moi-même. Entre la boulangerie d'Alger et celle de Fleurdécieux il flottait la rumeur d'une femme spoliée et des souvenirs de père en fils, plus ou moins fiables, des remords, des regrets, des allusions, le récit d'un entretien au château, Gustave Brissaud face à Gaétan Mesnard de Curzon… En quelques jours, ce ouï-dire s'est transformé. L'idée d'une preuve s'est installée dans l'esprit de cousin Jacques et ne l'a plus quitté.

L'homme qui l'a dégainée, sans toutefois la présenter, est le deuxième personnage d'une lignée de fous du roi. Le premier était le fameux peintre aux mains pleines de couleurs, qui s'était écrié : « Bien le bonjour de Joséphine ! » après le départ de mon arrière-grand-mère. Le second est poète, c'est son fils et il a frappé, quatre-vingt-neuf ans plus tard, à la vitrine de la boulangerie moderne, avec des airs de comploteur, en pleine campagne municipale. Il courait vers ses quatre-vingt-dix ans et s'accrochait à sa bicoque que la mairie voulait détruire pour installer un lotissement.

— Monsieur Jacques, j'ai de quoi faire sauter la banque, avait-il déclamé comme un acteur emphatique.

Même silhouette que son père, petite taille, épaules rentrées, dos voûté, diction vieille France, vocabulaire suranné. Le premier peignait, le second écrivait des vers, ils trafiquaient tous deux dans la culture et compensaient leur absence de génie par un sens de la combine qui leur permit de vivoter.

Célestin Jaber, artiste peintre, en appelait à Joséphine, Émile Jaber, écrivain, assurait qu'il détenait un secret explosif, capable de renverser le maire sortant ainsi que le député et d'ouvrir l'hôtel de ville au boulanger de l'an 2000. Sur le coup, cousin Jacques avait souri : ce vieil homme passait pour un « original », pour ne pas dire un « timbré ». Mais Émile avait apporté des précisions, en abusant du subjonctif imparfait :

— C'est au sujet de vos biens, monsieur Jacques, et plus précisément de votre boulangerie. Vous vivez dans le confort, somme toute, mais il s'en est fallu de peu, n'est-ce pas, que vous ne fussiez dix fois plus riche. Vous avez été, comment dit-on, dévalisé. Enfin… Quand je dis « vous », je fais référence à vos ancêtres. Vous vous souvenez assurément du boulanger de 1905, le pauvre homme qui se donna la mort à cause d'un prêtre ? Comme nul ne l'ignore plus, n'est-ce pas, il a laissé une lettre pour donner ses biens à la mairie et à la paroisse. Eh bien, monsieur, j'ai une surprise à vous apprendre : ce document était un faux, j'en ai la preuve, un faux monté par le député de l'époque, qui est le grand-père de celui d'aujourd'hui, lequel soutient votre adversaire. Vous me suivez ? En révélant ces turpitudes, vous pourriez les faire choir l'un et l'autre, n'est-ce pas, et vous asseoir sur leur fauteuil.

Il a fait une révérence à l'ancienne. On aurait dit qu'il se prenait pour Fouché révélant un complot à

Napoléon Bonaparte. Mon oncle, vaguement intrigué, avait relancé l'original :

— Et comment vous savez ça ?

— Je le sais.

— Mais comment vous le savez ?

— Par mon père.

— Et qu'est-ce qu'il vous a dit, votre père ?

— Il m'a dit qu'il s'était mal conduit.

— Et alors, quel est le rapport avec mes biens ?

— Il s'est mal conduit en imitant l'écriture d'un mort.

Mon oncle a moins souri.

— Vous avez un document ?

— Hélas non. Pas encore. Il faudra le retrouver. Mais mon père m'a raconté. Plus il s'approchait de la mort, plus il le répétait. On ne ment pas devant ces rendez-vous, monsieur, surtout quand on délire.

— Et dans quel but votre père aurait fait cela ?

Le vieux monsieur s'était troublé, comme un homme qui ment.

— Je ne sais pas...

Cousin Jacques s'était mis en colère.

— Alors quand vous le saurez, nous en reparlerons. Vous voulez que j'en fasse quoi de vos secrets sans preuve ? Que je dénonce le maire, qui n'était pas né ? Ou le député venu au monde quarante-cinq ans plus tard ? Allez, j'ai du travail. Passez une bonne soirée, monsieur, et merci de votre contribution... N'oubliez pas de voter...

Jacques Brissaud s'était emporté, comme si le poète avait touché au point où ça fait mal. Un point d'acupuncture dans sa mémoire d'enfant. Il avait entendu parler, bien sûr, de ce vieil héritage, mais par bribes, et son père éludait les questions quand elles étaient trop précises. Et voilà qu'elles lui remontaient. Le bossu les avait régénérées. Le premier malaise lui revenait à la conscience, il l'avait éprouvé quand il était encore jeune homme, sans y prêter attention, une nuit, il y a longtemps, il ne savait plus trop. Le souvenir remontait par intermittence, au moment de s'endormir ou pendant les insomnies.

L'aube ne s'était pas encore levée, son père et lui sortaient la première fournée dans l'odeur du pain brûlant, ils parlaient de la campagne électorale, Auguste était encore candidat et toujours promis à la défaite. Jacques s'était étonné de sa hargne. Pourquoi cette espèce de haine recuite contre l'équipe du maire sortant et du comte ?

— On dirait que tu joues ta vie, papa ! Pourquoi tu t'énerves comme ça ? C'est juste une élection et tu sais bien qu'ils sont majoritaires…

Le père avait bafouillé, haussé les épaules, puis il avait lâché :

— C'est une question d'honneur, Auguste… Les Brissaud ça ne s'achète pas…

— Ils t'ont proposé de l'argent ?

— À moi non, ça ne risque pas. Mais à mon père…

— Pépé Gustave ?

— Pépé Gustave… Mais bon… Tu as raison… Je vais me calmer… Fais attention aux baguettes à l'ancienne, je crois qu'elles vont brûler.

Le père Auguste ne s'était jamais calmé et Jacques, intimidé, n'avait plus cherché à comprendre. Il avait pressenti quelque chose de redoutable entre son grand-père Gustave et le comte de 1906, au moment de la succession, mais avait détourné les yeux. Comme dans la Bible, on ne regarde pas la nudité de son père. Ainsi se perpétuent les secrets de famille, les enfants les ignorent mais y trempent jusqu'au menton, quand ce n'est pas plus. Ces mystères indicibles, il les avait traînés au fond de lui-même, comme un dégoût, jusqu'au jour de 1995 où un très vieux bonhomme avait poussé sa porte et mis des mots sur ses appréhensions : l'héritage sur lequel son père et son grand-père avaient construit leur aisance était assis sur une équivoque, pour ne pas dire davantage…

Sur le coup, cousin Jacques s'en était voulu. Émile Jaber était parti, plus voûté qu'en arrivant, et lui s'était assis dans son arrière-boutique. Il avait songé à lui courir derrière, mais avait renoncé. Ses doutes, il les avait jetés dans le feu avec sa dernière fournée. À quoi bon ? Pourquoi s'enflammer, à cinq semaines du premier tour, pour de telles idioties ? À l'évidence, le vieux bonhomme pompeux nourrissait un projet qui ne regardait que lui-même : faire élire Jacques pour garder sa maison, mais son histoire tenait debout comme Le Havre après la guerre.

Le problème est que l'anecdote avait trotté dans son cerveau, tel un rongeur. Une morsure par-ci, un coup d'incisive par-là, jusqu'à devenir insupportable. D'autant que le poète en avait remis une couche, un peu plus tard, en demandant : « Vous êtes sûr de ne pas vouloir ? », puis en soufflant : « Tant pis pour vous. » L'élection avait eu lieu, avec un résultat d'autant plus net que la droite locale avait été propulsée par la récente victoire de Jacques Chirac à la présidentielle. Quelques jours après la désignation du maire par le conseil municipal, Émile Jaber, tout voûté, tout petit, lui avait encore rendu visite, sur un mode encore plus précieux. Jacques s'était demandé si le bonhomme ne se moquait pas de lui :

— Vous eussiez dû m'écouter, messire Jacques, peut-être y eussiez-vous trouvé un précieux intérêt. Toujours est-il que vos adversaires ne s'y sont pas trompés, eux. Ils m'ont si bien reçu, eux, que les travaux sur le terrain de ma demeure ont été reportés. Je ne serai pas exproprié, voyez-vous. Il faut croire que mon secret, que vous trouvâtes antidaté, présente encore quelque crédit. En vérité, j'ignore lequel, mais peu importe, il me protège. Je demeure en mon logis et, à mon âge, voyez-vous, c'est un axiome essentiel. Sur ce, je vous salue bien bas et vous souhaite bonne continuation. À plus tard.

Cette fois, cousin Jacques était ferré. Depuis le temps qu'il détournait les yeux, le passé le rattrapait. Ce vieux fou était la preuve, certes incompréhensible, d'un enchaînement dont il ne comprenait ni les tenants ni les aboutissants, mais qui se déployait sous ses yeux. Il s'était passé des choses, jadis, qui pesaient encore sur les affaires d'aujourd'hui. Il fallait qu'il se décide. Lui qui se vantait de pratiquer la généalogie, donc l'identification des disparus, il avait besoin de savoir pourquoi le vieux fou de 1906 avait « imité l'écriture d'un mort » et pourquoi ce tripatouillage antique avait contraint le maire et le député d'aujourd'hui à bloquer la construction d'un lotissement programmé depuis deux ans. Après une semaine de ruminations, qu'il refusa de partager avec sa femme Élisabeth, il était allé, comme un bourgeois de Calais, à la faveur du soir, frapper à la porte du vieil Émile Jaber.

— Je vous attendais, avait rigolé le vieil homme. Asseyez-vous. Je vous offre un apéritif ?

Jaber avait lâché son récit en rafales, comme s'il s'en libérait. Le corps d'Henri Brissaud avait été détaché de la branche où il pendait, puis allongé sur la charrette ; le maire avait fouillé ses poches et découvert une lettre ;

il l'avait parcourue en silence, puis l'avait remise aux deux hommes du comte, lesquels l'avaient portée à leur maître. Personne ne savait ce que le désespéré avait écrit. Tous ceux qui avaient lu ce message d'outre-tombe étaient morts depuis longtemps.

Le samedi soir, juste après les obsèques, impressionné par la foule et décidé à conserver la main, Gaétan Mesnard de Curzon avait convoqué le peintre. Il connaissait la précision de son trait et son absence de génie. Servi par une inspiration, ce savoir-faire exceptionnel aurait pu faire de lui un grand artiste, mais le pauvre homme s'épuisait à reproduire des paysages ou des personnages à plat. Hormis leur aspect pittoresque, ses tableaux ne valaient à peu près rien. Le temps passant, Célestin Jaber survivait avec sa femme et leur nouveau-né dans une indigence qui confinait à la misère.

Sûr de son fait, le comte l'avait flatté, puis lui avait mis en main un marché impossible à refuser : conscient de la valeur de son travail pour le prestige de la Vendée, avait-il dit, il avait décidé, avec le maire, de lui commander ses nouvelles toiles et d'acheter les anciennes. Ému par une reconnaissance qu'il espérait depuis l'enfance, Célestin Jaber lui avait embrassé les mains.

— En échange, monsieur Jaber, j'ai un service à vous demander, dans l'intérêt de la commune. C'est un travail délicat et pour lequel je souhaite la plus grande discrétion.

Il avait ouvert un tiroir de son bureau Second Empire, tiré le message posthume du boulanger Brissaud et l'avait tendu au peintre :

— Sauriez-vous imiter cette écriture, monsieur Jaber ?

À la lecture de la lettre, l'artiste avait reculé, effrayé.

— Et pourquoi ça, monsieur le comte ? Ce serait pécher de faire une chose pareille. Ce serait une offense à Dieu.

La voix du comte s'était alors durcie.

— Comme vous voudrez, Célestin. Dans ce cas, oublions ce que je vous ai proposé et je vous raccompagne. Mais sachez que nous ne sommes pas les ennemis de Dieu. L'ennemi déclaré, c'était lui, le boulanger, et le pire serait maintenant que ses amis profitent de son suicide pour nous en accuser et l'offenser davantage. Je pensais que vous étiez des nôtres, je regrette votre refus, monsieur Jaber, mais dommage et tant pis.

Le peintre avait protesté de sa bonne foi. Il était désorienté. Le comte lui avait tendu l'embuscade qu'il préparait aussi pour le frère du boulanger, le surlendemain : une proposition dérangeante, mais alléchante. Jaber n'aimait pas ces manœuvres, mais la perspective de travailler sans souci du lendemain, donc de nourrir sa femme et son bébé en se consacrant à son art, représentait une chance inattendue. Sur le pas de la porte, alors que le comte lui tendait la main pour lui dire au revoir, il accepta la transaction.

Ils remontèrent dans le bureau, l'un très droit, l'autre encore plus bossu, comme tenu par une laisse imaginaire. Le comte dicta la nouvelle lettre que le peintre aurait à rédiger en imitant l'écriture du mort. Avant de l'enfermer dans la pièce avec l'original, il alluma des chandelles pour que le faussaire puisse travailler dans la lumière. Pendant que Jaber traçait ses lettres avec l'infinie patience des moines, mais en se sentant damné, l'aristocrate se rendit au domicile du notaire et lui ordonna de détruire les volontés que Brissaud avait enregistrées le mois d'avant.

Il revint deux heures plus tard au château. La nuit était tombée depuis longtemps, la cire coulait le long des chandeliers, la lumière orange dansait sur le plafond ; la lettre était écrite, la ressemblance était frappante.

— Où est l'original ? avait demandé le comte.

— Il est à vos pieds, monsieur le comte, je l'ai brûlé. Voici les cendres. J'ai compris que deux testaments, sauf erreur de ma part, ça en ferait un de trop.

Le comte le fusilla du regard. Sur le dallage de pierre, des débris de papier calciné virevoltaient dans le courant d'air. Il pointa l'index vers l'insolent :

— Parfait, mais attention. À la première indiscrétion je serai impitoyable. J'imagine que ce ne sera pas nécessaire. Pour l'heure, je vous donne une avance, comme convenu. C'est pour l'achat de vos dernières œuvres. Qu'est-ce qu'elles représentent, au fait ?

— Des paysages et un portrait de monsieur le curé quand il a prononcé son homélie contre le boulanger, après le passage des soldats. Ça tombe bien, vous ne trouvez pas ?

C'est ainsi, selon son fils Émile, que Célestin Jaber rentra chez lui avec une jolie somme d'argent en poche et, dans l'autre, l'original de la dernière lettre d'Henri Brissaud. Telle était la surprise du chef : l'original courait encore dans la nature et le poète Émile Jaber en dégustait l'effet, devant mon cousin Jacques, incrédule et troublé.

— Vous l'avez vu, cet original ?

— Je vous ai déjà dit que non.

— Et qu'est-ce qu'il y a dedans ?

— J'en sais rien.

— Et pourquoi votre père l'aurait-il gardé ?

— Drôle de question, mon cher monsieur, avait coquettement répondu Jaber fils en se délestant de son langage précieux. Mon père était un artiste, pas un débile ! Avec cette lettre, il les tenait par la barbichette. Qu'ils oublient leur promesse et, par la main à Dieu, elle refaisait surface. Je peux vous dire qu'il a bien rigolé, mon père. Plus il avait honte et plus il rigolait. Il paraît même qu'il faisait le clown, histoire de rappeler au maire et au comte qu'ils devaient serrer les fesses ! Chaque matin il passait le bonjour de Joséphine au nouveau boulanger et à ses clients, à ce qu'il m'a dit. Mais si ça se trouve, vos parents vous ont mis au courant ?

Il avait levé les bras au ciel, dans un petit rire aigu. Visiblement il s'amusait de mon cousin et de la terre entière, comme son père.

14

Nous étions au bord de l'an 2000, dans un joli salon, au coin d'une cheminée qui crépitait. À ma droite cousin Jacques qui racontait, à ma gauche cousine Élisabeth qui écoutait : scène intime et familiale, affichant son bonheur tranquille, mais un Vésuve se réveillait en moi. Un Etna, un piton de la Fournaise, un Stromboli, un Sakurajima. Depuis cinq ans, ou presque, mon cousin savait que le testament authentique de notre aïeul Henri se promenait dans la nature, pas loin d'ici, et ne me le disait pas ? Nous étions un vendredi, j'allais partir dans une semaine exactement et il me lâchait la bombe à la veille de mon retour vers l'Algérie. Je me suis levée en vidant le cognac de mon verre dans le feu, ce qui a provoqué une grande flamme, il a tourné la tête vers moi :

— Ça va pas ?

Je me suis lancée dans un solo rageur agrémenté de mots arabes. Dès que je suis en colère, je parle en langue maternelle, et mon français se colore d'un accent d'outre-Méditerranée. Je lui ai reproché de m'avoir caché la vérité depuis un an, d'avoir tourné autour du pot, de l'avoir fait exprès, de gâcher le plaisir de mon retour en m'instillant dans les veines le poison de ne pas savoir… Des tombereaux de reproches pendant cinq bonnes minutes, au bout desquelles il n'a pas dit un mot, sans cesser de me regarder. Lui aussi avait l'air en colère, à me fixer, tandis qu'Élisabeth, effrayée, se limait l'ongle d'un pouce avec celui de l'autre. Au bout d'un silence à couper au couteau, il a lâché d'une voix neutre :

— Nadia, tu n'as rien remarqué ?

Je l'ai interrogé des yeux, lèvres crispées. Remarqué quoi ?

— Tu n'as pas remarqué que depuis un an tu as fait comme nous tous depuis un siècle, dans la famille ? Tu t'es caché la tête dans le sable.

Je ne voyais pas où il voulait en venir.

— Tu n'avais pas envie de savoir. D'abord parce que tu t'en fichais, et je te comprends. Tu arrivais d'Alger, les islamistes avaient fait ce qu'ils ont fait à ta mère, alors le boulanger suicidé par les curés de 1906... Ensuite c'est fatigant, ces vieilles histoires, à quoi bon les déterrer, à quoi bon s'encombrer. Et puis un soir je t'ai trouvée en larmes sur la tombe d'Henri Brissaud, à la fin de l'été dernier. Jusque-là tu ne voulais rien entendre. Tu t'en souviens ?

Ma colère est retombée, comme d'habitude, aussi vite qu'elle était montée. C'est épuisant d'être du Sud, emportée par des orages pour lesquels on tuerait père et mère, et puis désarmé par des éclaircies radicales qui donnent envie de s'excuser.

— Cette histoire de testament original, tu aurais quand même pu m'en parler plus tôt, cousin. Je vais faire comment, maintenant ? Partir sans savoir ce qu'il y avait dedans ? Tu m'as mis l'eau à la bouche au moment du pousse-café...

— Tu n'aurais rien compris si j'avais commencé par là. Et puis l'eau à la bouche, tu crois que tu es la seule ? Tu en sais autant que moi. Et ce que tu ignores, je l'ignore aussi. Le poète, je suis allé le revoir cinquante fois, il me rabâche qu'il a une preuve mais ne sait pas où elle se trouve. J'ai l'impression qu'il a peur d'être expulsé. Il habite toujours dans sa baraque, au bout de la rue, il n'a plus envie de parler.

— Demain j'irai chez lui.

— Ça t'avancera à rien.

— On verra bien.

— Tu veux que je t'accompagne ?

— Non, cousin. J'ai une meilleure idée. Je pense à quelqu'un d'autre, si ça ne te dérange pas. Je vais demander à Edmond, le clerc de notaire, de venir avec moi.

— Ah, Deux-en-un ? Un coup d'amours interdites avant de retrouver son chéri légitime ?

Retour du Vésuve, en modèle attendri. Envie de lui mettre une claque et de lui souhaiter bonne nuit, en l'embrassant.

Le lendemain matin, j'ai tourné autour du téléphone, dans le salon qui sentait la fumée. Les verres de cognac étaient encore posés sur la table basse, face à la cheminée. Cet intérieur était mélancolique comme un théâtre après la représentation. L'avant-veille, j'avais fait mes adieux aux clients. Cousine Élisabeth avait repris du service à la caisse et à la vente. Dans sept jours je serais à Alger, ce qui me rendait heureuse et triste à la fois. J'imaginais Hakim à l'aéroport, les baisers, les retrouvailles, mais je pensais aussi à ceux que je laisserais ici, et je n'aime pas les séparations. J'en étais là, à divaguer, à hésiter, mais décidée à tirer au clair l'histoire sans point final que cousin Jacques avait achevée hier soir, sans parvenir à l'épilogue. Je ne savais pas si Edmond travaillait le samedi, et j'avais peur, en appelant l'étude, de tomber sur le notaire. La sonnerie du téléphone m'a tirée d'embarras. Edmond venait de passer à la boulangerie, il avait demandé de mes nouvelles à ma cousine.

— Bonjour, Nadia. Ça fait drôle que tu ne sois pas derrière ton comptoir et de penser que tu n'y seras plus jamais. Tu ne veux pas… qu'on se voie ce soir ?…

— Non, Edmond, tu sais bien que je ne veux pas, surtout maintenant. Mais ça me fait drôle aussi. Tu vas me manquer. J'aimais bien te voir glisser sur le trottoir. Écoute… Il faut que tu passes tout de suite, pour nos affaires…

J'ai senti comme une ambiguïté sur la ligne…

— Non, non… Nos affaires d'héritage…

— Ah… Tout de suite ? Comme ça, en plein jour ?

— En plein jour et sous les projecteurs, si ça leur fait plaisir. Au point où nous en sommes, je laisserai le souvenir d'une allumeuse et c'est mieux qu'une terroriste…

Il a sonné dix minutes plus tard, toujours aussi beau, toujours aussi timide, toujours aussi touchant. En le voyant à contre-jour, dans l'encadrement de la porte, je ne peux pas dire que je n'ai pensé qu'au vieux bossu, que ma voix n'a pas tremblé, ni que lui-même songeait seulement aux affaires louches de Fleurdécieux… Pour apaiser nos élans, j'ai fait le point sur les révélations de Jacques. Le poète était un acteur clé. Il fallait le rencontrer. Il se servait du passé pour peser sur le présent, ce qui pouvait nous en apprendre, à lui autant qu'à moi. Ce qu'Émile Jaber m'avait lancé l'année dernière au vin d'honneur, devant le tableau du curé, se mêlait à l'histoire contemporaine où baignait le père d'Edmond.

Le vieux poète habitait à la sortie du village, là où un promoteur avait formé le projet d'établir un lotissement.

Sa bicoque était vétuste, mais jolie comme une maison des Sept Nains, avec ses petits volets peints en bleu, sa petite porte, son petit toit. Il était 10 heures du matin, les fenêtres étaient fermées, la cheminée ne fumait pas. Nous avons tapé à la porte, plusieurs fois et de plus en plus fort, puis nous avons appelé.

— Monsieur Jaber, vous êtes là ? Monsieur Jaber, vous entendez ? C'est Nadia, la boulangère ! Je venais vous dire au revoir !

Une femme s'est approchée. Une gentille dame un peu âgée, que je voyais chaque matin à la boulangerie et qui m'a dit, sur un ton désabusé :

— Ne vous fatiguez pas, mademoiselle… Il n'habite plus ici, le pauvre M. Jaber. Ils ont fini par le faire partir. Ils vont construire leur lotissement, cette fois. Et moi je vais déménager aussi.

— Mais il est parti quand ?

— La semaine dernière.

— Et il est parti où ?

— Je ne sais pas. Dans une maison de retraite. Il voulait pas y aller. Une ambulance est venue le chercher, avec des infirmiers. Il se débattait, le pauvre, si vous saviez comme il criait. Qu'est-ce qu'on y peut, hein ? Ils sont plus forts que nous…

Nous nous sommes regardés, Edmond et moi, en pensant à la même chose. À cet empressement soudain du notaire, du maire et du député pour me faire décamper quand ils ont appris que j'étais une Algérienne originaire d'ici. L'expulsion d'Émile Jaber, au même moment, complétait nos soupçons : ils avaient peur.

J'ai décidé de passer en force. D'occuper le bureau du maire, Alphonse Brossel : pourquoi tergiverser, je n'avais rien à perdre. Edmond, lui, est allé travailler, en attendant de mes nouvelles. Brossel m'a fait attendre, puis m'a gentiment reçue, un peu gêné quand même, craignant visiblement un éclat. Je l'ai rassuré en déployant mes sourires Marilyn. Cet homme ne savait pas dire non, il n'en avait pas le cran, son ambition la plus chère était de se planquer dans l'ombre en attendant la récompense de ses parrains. Quand je lui ai dit que j'étais allée chez le vieux poète pour lui faire mes adieux et que je m'inquiétais pour sa santé, il a paru soulagé.

— Ah, c'est dur de vieillir ! Il ne s'en sortait plus tout seul. Il nous a demandé une aide et nous lui avons trouvé une jolie maison de retraite, mais il va bien.

— Et il est où ?

Il a hésité, s'est accroché au rebord de son bureau en se balançant sur sa chaise.

— Ah ! Je ne le sais pas moi-même. Nous avons transmis le dossier aux services compétents, ensuite c'est le secret médical. Seules les familles sont informées.

— Mais il n'a pas de famille !

— Je ne suis pas habilitée, mademoiselle, pardonnez-moi, et même pas informé. Merci de m'avoir rendu visite. Je vous souhaite un bon retour.

J'ai surmonté mon envie de passer par-dessus son bureau pour le prendre à la gorge en lui crachant ce que je savais. Mais je suis restée assise, tranquille. Cette entrevue stérile m'apportait une confirmation : Jaber savait bel et bien des choses. Des choses anciennes qui leur brûlaient les doigts, au notaire, au maire, au député. J'ai salué Brossel aimablement, en le remerciant pour l'excellence de son accueil pendant mon séjour dans sa commune, et je suis retournée vers la maison d'Émile Jaber, à la recherche de la voisine. Elle est sortie dès qu'elle m'a vue.

— Vous avez des informations ?

— Quelles informations ?

— Je vous ai vue aller à la mairie. Le lotissement, ils vont le construire ou pas ? Ils vont nous expulser, ou on va rester chez nous ?

— Je ne sais pas, madame. Je voulais juste la nouvelle adresse de M. Jaber. Vous savez où il se trouve ?

— Non, j'ai vu qu'ils l'emmenaient de force, c'est tout.

— Qui ça, ils ?

— Les infirmiers. Ils venaient de La Roche-sur-Yon, c'était marqué sur leur ambulance. Ambulances Napoléon, je crois.

Nous étions samedi, il était 11 h 30, même en fonçant à La Roche-sur-Yon nous n'avions aucune chance de retrouver aujourd'hui les ambulanciers et d'obtenir une confidence. Le lendemain, c'était dimanche et je décollais le vendredi. Il me restait trois jours ou quatre. J'ai prévenu Edmond. Il m'a proposé de dormir à La Roche dimanche soir, à l'hôtel, et de retrouver les ambulanciers lundi. Il prendrait un jour de congé. À l'hôtel, la bonne blague ! J'ai refusé sans réfléchir, en le regrettant aussitôt.

— Ne recommence pas, Edmond, tu mélanges tout. Dimanche, tu dormiras dans ton lit et moi dans le mien. Si tu veux on partira lundi, avant l'aube. Personne ne nous verra.

— Comme tu voudras.

Il avait la voix blanche des hommes déçus. Il n'aurait pas son dernier verre. Moi non plus. J'ai pensé à cette chanson de Brassens, sur un poème de Jean Richepin :

Ce canard n'a qu'un bec et n'eut jamais envie
Ou de n'en plus avoir, ou bien d'en avoir deux.

Le lundi, vers 6 heures, sa voiture s'est arrêtée devant la maison de mon cousin. Il n'a pas eu besoin de sonner, je l'attendais. Comment ne pas penser à la balade d'il y a dix jours (à moins que ce ne fût une ballade), quand il m'avait raconté sa vie et qu'un ange était passé. Mais l'ambiance avait changé. Comme disait Héraclite : « On ne se baigne jamais deux fois dans le même fleuve. » Il avait tourné la page et tenait à me le faire savoir. Il ne fixait que la route et les nappes de brouillard, et il m'aurait fallu beaucoup d'imagination pour avoir à tirer ma robe au-dessus des genoux quand il approchait sa main du levier de vitesses. Je ne sais plus si cette soudaine indifférence me rassurait, me faisait rire, ou m'agaçait, alors je me suis concentrée sur les bandes blanches de la route, pendant que le jour se levait.

Nous sommes arrivés trop tôt, ce qui n'a rien arrangé. Les ambulances étaient garées devant une agence encore fermée. Dans le bar où nous avons pris un café, on entendait la petite cuillère tourner au fond des tasses.

— Edmond, tu me fatigues. Prends ta voiture et laisse-moi là. Je n'ai plus le temps des psychodrames. Je pars vendredi.

— Comme tu voudras.

Il est sorti, raide comme Dreyfus le jour de sa dégradation, est monté dans sa voiture, a fait vrombir son moteur, genre départ des 24 Heures du Mans, mais a calé en démarrant, puis a filé sans un regard.

Vers 8 heures, une secrétaire a ouvert le bureau, puis les chauffeurs sont arrivés. Je me suis fait passer pour une petite-fille d'Émile Jaber et j'ai demandé le nom des ambulanciers qui l'avaient transporté. L'un d'eux s'est approché, mais la secrétaire l'a devancé :

— Le maire nous a demandé la discrétion, Robert…

Il m'a regardé, gêné. J'ai pris mon air le plus désespéré.

— Dommage, j'étais de passage dans la région. Je ne vais pas pouvoir embrasser mon papy !

Le chauffeur s'est laissé attendrir et m'a donné l'adresse. Une maison de retraite à la sortie sud de la ville. J'étais en train d'appeler un taxi quand une voiture a klaxonné. C'était Edmond. J'étais contente.

Le grand hall était désert. Sans doute les aides-soignantes et aides-soignants donnaient-ils leur toilette du matin aux pensionnaires, dans les chambres. Une femme s'est approchée. Toujours cette amabilité qui serre le cœur. On pourra inventer tous les accueils, imaginer des décorations, installer de jolis mobiliers, des divans accueillants, la vieillesse est un naufrage, comme disait Charles de Gaulle, et on ne s'y fera jamais, jusqu'au jour où on y sera... Pauvre poète, qui trafiquait ses petites affaires en écrivant des vers et que l'on a enfermé là, contre son gré.

Je n'avais pas fini d'épeler son nom, É-mile Ja... que le visage de la dame s'est défait.

— Ah, monsieur Jaber ? Il n'est plus là. Nous ne savions pas qu'il avait de la famille. Pardonnez-nous. Quand les ambulanciers l'ont laissé dans sa chambre ils n'ont pas vérifié. Il avait des médicaments sur lui. Il a tout avalé. On l'a retrouvé sur le carrelage, cette nuit. Il est à l'hôpital. Excusez-nous. On n'a pas pu vous avertir. On n'avait aucune adresse...

Elle se perdait en excuses et nous ne l'écoutions plus. Émile Jaber était peut-être mort, ou en train de mourir avec ses secrets, et nous l'avions manqué. Nous avons couru jusqu'à la voiture d'Edmond, sans dire au revoir à la dame qui demandait pardon, et nous avons foncé vers les urgences.

Les moments tragiques de la vie sont toujours escortés par une foule de tracasseries administratives. Plus on approche du cœur sensible et plus le réseau de procédures est dense. Accéder au chevet d'un malade ou d'un accidenté est parfois plus complexe que d'obtenir une audience dans un ministère. Il a fallu parlementer, expliquer que nous n'étions pas de la famille mais des amis, originaires du même village que le malade, puis nous avons attendu, une demi-heure, trois quarts d'heure, une heure, jusqu'à ce qu'un infirmier, ou un médecin, s'avance vers nous, visage préoccupé.

— Nous l'avons stabilisé.

— Pouvons-nous le voir ?

— Il n'a pas repris conscience… Si vous y tenez… Mais pas longtemps.

Émile Jaber était une momie médicalisée, statufié sur son lit, un masque sur la bouche, une perfusion dans un bras, les yeux clos, des joues de papyrus, le front grisâtre. Edmond l'a appelé, il n'a pas réagi. Je me suis assise à hauteur de son visage, lui ai pris la main, elle était chaude et presque douce, puis je me suis penchée vers son oreille.

— Monsieur Jaber… Je suis Nadia… Vous vous souvenez, la petite Algérienne, à la mairie et à la boulangerie. On s'est souvent parlé. Je suis sûre que vous vous souvenez.

Il n'a d'abord pas bougé, comme avec Edmond, puis j'ai senti sa main presser la mienne, ses sourcils se sont levés, ses paupières ont un peu vibré, sans s'ouvrir. Émue, j'ai recommencé, en lui caressant le bras, pendant qu'Edmond me couvait du regard.

— Nadia, la boulangère. Je vois que vous me répondez, Émile. Je suis contente ! Vous me faites plaisir !

Il a ouvert les yeux, puis la bouche, sans articuler un son, puis ses yeux se sont entrouverts et se sont tournés vers moi. Un sourire s'est esquissé au coin de ses lèvres. Je lui ai parlé, parlé, parlé, lui ai demandé s'il allait mieux, s'il savait où il était et pourquoi il s'y trouvait. À cette question, il s'est mis à s'agiter, à remuer, à souffler comme s'il voulait arracher les tuyaux qui l'emprisonnaient, s'enfuir loin d'ici. Pour finir, il a lâché un cri rauque sous son masque à oxygène, et c'était déchirant. Sans doute revivait-il la scène de son départ, avec les ambulanciers : il se débattait dans son lit comme devant sa maison. L'infirmier nous a interrompus.

— Il faut partir, maintenant. Il s'énerve. Vous allez le fatiguer. Il n'a pas besoin de ça, croyez-moi.

Nous nous sommes retrouvés, Edmond et moi, désemparés sur le parking. Rester. Partir. Attendre et revenir demain. Il était 14 heures, nous nous sommes assis dans un fast-food, à grignoter des frites et croquer des hamburgers dégoulinants de sauce rose et sucrée. J'étais dans mon histoire, il était dans la sienne, moi avec mon arrière-grand-père, lui avec son père, et le vieil homme qui naviguait entre le Styx et la survie était notre trait d'union. Edmond nous a ramenés à nous :

— J'ai trouvé des petites choses dans les dossiers de Grignon. Je ne sais trop qu'en penser.

— En rapport avec l'héritage de ton père ?

— Pas vraiment. Mais en rapport avec d'autres héritages, dans la région. Un phénomène qui s'est accéléré depuis dix ans…

— Quoi ?

— C'est difficile de t'en parler. Je ne suis sûr de rien. Aucune preuve, juste un soupçon et je me méfie de moi-même. J'ai tellement envie de tirer au clair l'héritage de mon père que je peux confondre mes désirs et la réalité. Mais voilà : depuis dix ans, un graphologue expert auprès du tribunal de La Roche-sur-Yon envoie des factures pour « expertise technique » dans les dossiers de successions.

— Et alors ? Un expert fait des expertises et tu trouves ça surprenant ? Tu as raison : méfie-toi de tes désirs.

Il a souri. Moi aussi.

— Peut-être… Mais j'ai regardé les dossiers plus anciens… Il n'y avait pas de graphologue. Pourquoi ces nouvelles précautions ? Je travaille depuis deux ans dans cette étude, je n'ai pas entendu parler de contestation sur l'authenticité d'un acte.

— Ouais…

J'ai dû faire une moue sceptique.

— Et ça ne te rappelle rien, les faux en écriture ? Tu crois vraiment que je divague ?

— Allez, on remonte voir Jaber…

Nous avons encore attendu, sur des chaises, dans un couloir. L'infirmier ne voulait pas réveiller son patient qui sortait du coma. Edmond me regardait en douce, je le regardais en coin, nous nous regardions de biais.

— Tu ne crois pas qu'on serait mieux ailleurs, tous les deux ? a-t-il osé.

— Tu deviens lourd.

Il a regardé le plafond, et ce n'est pas gai le plafond d'un hôpital, même lorsqu'il est bon état. Il mène au bout d'un couloir qui donne sur un nouveau couloir, et ainsi de suite, avec de temps en temps un ascenseur pour varier les plaisirs. Des infirmières sortaient des chambres en poussant un chariot, d'autres entraient, une vieille dame promenait un déambulateur, un monsieur errait en pyjama. Vers 17 heures nous avons enfin reçu le feu vert. Jaber n'avait pas bougé, mais repris des couleurs. Il a souri en me voyant.

— Ah, vous êtes revenus ? Pardonnez-moi pour tout à l'heure, j'étais un peu dans les vapes.

Il s'est mis à parler, parler, parler, un peu vaseux, un peu pâteux, mais l'esprit clair, précis, lucide. Les grands vieillards sont surprenants quand ils n'ont pas perdu la tête. Ils se souviennent des noms, des dates, des atmosphères, dans une grammaire impeccable, et le plaisir qu'ils en retirent, mêlé de coquetterie, les fait redoubler d'ardeur. Émile Jaber m'a d'abord recommandé, dans un clin d'œil, d'éviter le suicide par absorption de médicaments en se plaignant du lavage d'estomac. Puis il s'est tourné vers Edmond en lui demandant pourquoi il m'accompagnait, avant de conclure dans un clin d'œil :

— À votre place, j'aurais fait la même chose…

Et il s'est lancé dans l'histoire de sa vie, sans que je lui pose aucune question. Il savait pourquoi j'étais venue et tenait à me révéler tout ce qu'il avait sur le cœur parce qu'il se sentait trahi. Le maire et le député avaient promis en 1995 qu'il resterait chez lui jusqu'à sa mort et n'avaient pas tenu parole. La semaine dernière, il ignorait pourquoi, quelqu'un l'avait prévenu de toute urgence : pour des raisons de sécurité il ne pouvait rester dans sa maison. Absurde, il se sentait très bien, avait-il dit, se redressant sur les coudes et serrant les poings en le racontant.

Il a repris le fil que cousin Jacques avait tiré trois jours avant, face la cheminée, dans son salon. La quenouille était longue de l'hiver 1906 à la veille de l'an 2000, de la rencontre entre son père et le comte à l'expulsion qui menaçait depuis cinq ans et venait de le frapper.

— C'est eux qui m'ont poussé à déterrer les cadavres. Je leur ai dit que j'allais tout révéler.

Il avait prononcé le mot « cadavres » en ricanant et en se désignant de l'index.

— Je les tenais ces braves gens, en 1995, mais votre cousin n'a pas voulu de mon artillerie. Alors je suis allé les trouver en pleine campagne électorale et je leur ai dit que j'avais les preuves d'une sale histoire. Je n'ai pas compris ce qui les avait inquiétés, vu l'ancienneté des faits, mais ils n'ont pas insisté et moi, ça me suffisait. Ils m'ont dit qu'entre nous ce serait comme un viager, un contrat jusqu'au bout de la vie. J'étais content, parce que la fameuse preuve, de vous à moi, je ne l'ai pas dans la poche. Elle existe en paroles, et les paroles s'envolent…

Avec Edmond, nous avons échangé des regards consternés. Il n'avait aucune preuve. Mis à part le plaisir d'assister à la résurrection d'un vieux monsieur malicieux, nous n'étions pas plus avancés. Nous n'avions rien appris. Strictement rien. Les mots que je résume ici ne sont qu'un condensé. Il nous a raconté son histoire de long en large et en travers, pour nous conduire au point de suspension du récit de mon cousin. Un document qui se promène dans la nature, mais dont on ignore le contenu et la cachette, si cachette il y a. Découragée, j'ai joué de la flatterie – mais Jaber se fatiguait.

— Vous ne vous souvenez vraiment de rien, Émile ? Pourtant votre mémoire est extraordinaire ? Votre père vous a parlé d'une lettre, mais pas de l'endroit où il l'avait rangée ? C'est difficile à croire.

— Je sais bien, mais c'est comme ça. Il avait honte de lui, je crois. Ce qu'il a fait pour vendre ses toiles, c'est pour ma mère et pour moi, son fils, mais il n'était pas fier.

— Vous étiez là, quand il est mort ?

— J'y étais. Il délirait. Ce qu'il disait n'avait plus aucun sens. D'ailleurs ce matin, pendant que je sortais du cirage, j'ai cru le retrouver. Je n'ai pas vu de lumière blanche, comme racontent ceux qui ont frôlé la mort, mais entendu sa voix. Ses derniers mots. Je m'en souviens comme si c'était hier, vous voyez j'ai bonne mémoire. Mon père s'est redressé sur le lit d'un seul coup, ses yeux sont devenus blancs et il est retombé. Il parlait du curé…

— Il disait quoi ?

— Pfff… Du délire d'agonie. Et même du mal élevé. Le pauvre, il ne savait plus… Je n'ose pas vous le répéter. Il riait, il crachait et il disait : « Le curé, ah ! ah ! le curé, il l'a dans le cul ! Il l'a dans le cul ! » Excusez-moi, mademoiselle, vous devez me trouver grossier.

Sur le coup je l'ai trouvé charmant, mais comme il fallait quitter la chambre, nous l'avons salué et ça m'a fait de la peine. Le temps d'une conversation il s'était ranimé, coloré, revivifié, mais je voyais la vie refluer sous nos yeux, comme la mer à marée basse. Il nous a fait un petit signe, un sourire de remerciement, puis il a fermé les yeux, tout petit, tout rabougri.

15

Il faisait nuit quand nous avons repris la route. L'étrange dialogue avec ce vieux monsieur, moribond le matin, ressuscité l'après-midi, puis retombé dans l'extrême fatigue le soir, nous laissait le cœur serré. Nous étions déçus, bien sûr, convaincus d'avoir couru derrière nos illusions, Émile Jaber n'avait rien révélé, il nous avait livré ce que nous savions déjà, mais cette volonté de vivre et de se battre aux portes de la mort nous avait déstabilisés. Cet homme dont se moquait le village en l'appelant « le poète » ou « le vieux » ou « le bossu » était un être émouvant. Il avait gardé jusqu'au bout sa malice enfantine et son cynisme aimable. Le souvenir de sa petite silhouette allongée sur un lit nous poursuivait comme un remords. Il nous avait fait confiance en nous parlant, et nous n'avions pensé qu'à nos affaires. À présent il était seul dans sa chambre d'hôpital, avec ses sondes et ses tubes, et nous roulions vers Fleurdécieux.

Qu'allions-nous devenir, Edmond et moi, chacun pour soi, lui chez son notaire, moi à Alger, dans une boulangerie qu'il faudrait relancer ? Au fond de nous-mêmes nous traînions la nostalgie des histoires inachevées. Pensions-nous à l'attirance physique qui n'aurait mené à rien, mais nous laissait mélancoliques ? Songions-nous à l'échec de nos recherches, à ce besoin de savoir qui ne serait jamais comblé ? Nous étions là, encore une fois, côte à côte, dans sa voiture, à l'approche des premiers lacets. Jaber nous avait amusés avec la verdeur de son « curé qui l'a dans le cul », mais nous partions comme nous étions venus, bardés de soupçons et les mains vides.

Pour occuper les silences, Edmond s'est mis à réfléchir à son enquête, elle aussi inachevée. Il est revenu sur cette histoire de factures envoyées par un graphologue expert auprès du tribunal, je n'y comprenais rien. Mais quand il s'est mis à évoquer son tuteur, Charles Mesnard de Curzon, sa voix s'est animée, comme s'il avait ferré un gros poisson et engageait le duel. Il avait obtenu des informations de la part d'un ami d'enfance, aujourd'hui journaliste à *Ouest-France* et correspondant politique à l'Assemblée nationale. Contrairement à ce qu'il croyait, la fortune du comte était chancelante. Le député l'avait dilapidée. On le pensait aussi riche que son grand-père, le seigneur du début du siècle, mais, comme disait ma mère, il tirait le diable par la queue.

Ainsi, dans la famille Mesnard de Curzon, le grand-père était obsédé par le pouvoir politique, et le petit-fils avait des dettes de jeu. Le tuteur d'Edmond menait une vie parisienne qui ne correspondait pas exactement à la chrétienne austérité qu'il arborait à domicile.

Ce mari exemplaire entretenait des liaisons successives que ses émoluments d'élus parvenaient mal à financer, ce qui renforçait sa seconde addiction : il perdait des fortunes à la roulette et ne se résignait pas à accepter ses pertes. Après chaque déception, il jurait de se refaire et s'enfonçait encore. Plus il perdait, plus il jouait, et vice-versa.

C'est dans la dernière descente, juste après Saint-Michel-Mont-Marceau, que la lumière s'est allumée dans ma tête. Nous n'avions pas cherché pour rien.

Émile Jaber nous avait bel et bien révélé, sans le savoir, où se trouvait ce que nous cherchions. Plus ses phrases me revenaient et plus j'en étais sûre. Plus je les répétais tout bas en rigolant, et plus le programme de ma journée du lendemain se précisait. Je jubilais.

— Edmond, demain matin tu iras travailler, comme d'habitude, pour endormir ton notaire. Et en fin de matinée, disons vers 11 h 30 ou midi, je te parie que le maire l'appellera, à moins que ce ne soit le député. Si je ne fais pas erreur il y aura de l'électricité dans l'air. Et si je me suis trompée, le téléphone sonnera aussi, mais ça sera moi au bout du fil, et pour tout dire je serai ridicule.

Edmond s'est reculé sans lâcher son volant, comme s'il examinait une bête étrange en ajustant sa vue. Il était éberlué par ma métamorphose. D'une minute à l'autre, j'étais passée de l'abattement à l'euphorie.

— J'ai manqué un épisode, ou tu déraillles ?

— Tu verras.

Je me moquais un peu. C'était ma manière de jouer comme une enfant, au moment le plus tendu. Je le tenais entre mes mains tout en ne le touchant pas, et c'était délicieux. Il a stoppé devant ma porte et je suis descendue simplement, joyeusement, en lui lançant : « Bonsoir et à demain ! » Ses feux arrière n'avaient pas disparu au bout de la rue que la tristesse m'a reprise. Décidément, il était urgent que je parte.

Le lendemain matin, très tôt, je suis allée au fournil où Jacques achevait de cuire les premières dizaines de pain. Je lui ai demandé de m'accompagner à la mairie en fin de matinée.

— Pour quoi faire ?

— Pour une acquisition.

— Mais encore ? Une acquisition de quoi ?

— L'acquisition de ce qui nous appartient. Une restitution plutôt...

— Tu répètes une pièce d'Agatha Christie ?

J'ai rigolé, lui aussi. Je n'avais pas envie de lui expliquer. Je voulais seulement qu'il soit là, pour lui faire la surprise. Noël c'était dans quatre semaines pour les catholiques du coin, mais pour moi c'était tout de suite, sauf si mon calcul était faux. Dans ce cas je n'aurais pas l'air maligne. Après avoir haussé les épaules, en me montrant son agacement, cousin Jacques a fini par accepter, par gentillesse, persuadé que l'imminence de mon départ me rendait un peu foldingue.

Nous avons attendu longtemps l'audience de monsieur le maire. Il a fini par nous faire ouvrir et nous conduire, une fois encore, à son bureau. Si j'avais été seule il m'aurait renvoyée, mais la présence de Jacques, son adversaire des prochaines élections municipales, le contraignait au compromis.

— Quoi encore, mademoiselle Kasmi ? Nous nous sommes vus vendredi, je crois. Vous comptez prendre un abonnement ?

— Kasmi-Brissaud, si je suis bien informée.

Il a hoché la tête, agacé.

— Bon… Vous voulez quoi, mademoiselle Nadia ?

— Rien qui puisse vous déranger, monsieur le maire. Faire un cadeau à mon cousin, avant de retourner chez moi, à Alger.

Il m'a prise pour une hystérique et cette pensée l'a détendu. Il a ri, la tête rejetée en arrière.

— Et comment puis-je vous être utile ? La seule chose que je puisse offrir à votre cousin c'est mon fauteuil de maire, mais je n'en ai pas le droit. Il faudrait qu'il gagne les élections, et ça, c'est une autre histoire, n'est-ce pas mon cher Brissaud ?

Je l'ai laissé profiter de son moment badin avant de formuler ma demande :

— Monsieur le maire, vous avez des tableaux dans votre salle des fêtes, je voudrais en acheter un.

Là, ma demande l'a dépassé. Il avait les mains serrées, il les a soudain ouvertes, en signe d'interrogation.

— Ces croûtes ? Mais on allait s'en débarrasser ! Je vous les donne si vous voulez !

Maintenant il riait fort, il s'esclaffait, il levait les bras de contentement en nous proposant de descendre avec lui dans la grande salle, pour nous donner lui-même la toile de notre choix. Son rire s'est arrêté net lorsque, au bas des escaliers, avec le plus aimable des sourires, je lui ai glissé tout bas, comme un détail en passant :

— C'est la liquidation totale, si je comprends bien ? Vous mettez Célestin Jaber à la poubelle et son fils Émile au mouroir. Le lotissement, c'est pour tout de suite ?

Cette fois l'attaque était trop nette. Instinctivement, Alphonse Brossel a cherché un appui des yeux, pour savoir ce qu'il devait répondre, mais le député n'était pas là pour donner les directives. Il a bafouillé trois phrases inintelligibles avant de se reprendre en me demandant, tel un maître d'hôtel, quel tableau je souhaitais emporter. Il n'était pas au bout de ses peines. Cousin Jacques ne comprenait toujours pas mais s'amusait de ma façon de jouer avec les nerfs de son futur adversaire. J'ai accéléré le pas en me dirigeant vers le fond de la vaste salle :

— Je veux celui-là, ai-je désigné en me mettant au garde-à-vous. Le tableau du curé qui prononce sa *fatwa* contre mon arrière-grand-père et le pousse au suicide, vous connaissez l'histoire, elle est célèbre ici.

Il s'est raidi.

— Surveillez votre langage, mademoiselle. Vous n'êtes pas en Algérie. Les *fatwas*, c'est chez vous, pas chez nous.

— C'est vrai. Le boulanger Henri Brissaud n'a pas été égorgé comme ma mère, il s'est seulement pendu. J'espère au moins que son héritage n'était pas une escroquerie.

Il s'est voûté. Je n'avais plus envie de rire. Mon cousin a posé sa main sur mon avant-bras, pour me calmer. Je m'étais mise à crier, comme si, à proximité de l'épilogue, ou du rendez-vous manqué je vidais le trop-plein d'émotions accumulées depuis des mois. Alphonse Brossel avait envie de se planquer. Un pauvre homme. Je lui ai ordonné, oui, ordonné de faire descendre le tableau. Il secouait la tête en s'adressant à mon cousin. Faute de maître, c'est à son adversaire politique qu'il se raccrochait !

— Elle est complètement cinglée ! Vous voulez vraiment cette toile chez vous ?

— Oui, a répondu mon cousin, à la manière d'un jeune marié.

— Bon. Pour vous être agréable…

Un employé municipal a pris un escabeau et décroché la croûte, avant de l'adosser au mur. Elle m'avait sauté aux yeux dès le premier mois de mon arrivée à Fleurdécieux, cette toile, lors du cocktail d'honneur qui célébrait mon arrivée. Je ne savais pas qui était le père Durand, ni ce que représentait cette scène, mais l'air halluciné du prêtre m'avait renvoyée à la terreur que j'éprouvais devant certains religieux de chez moi. Celui-là ne portait pas la barbe, mais les regards étaient les mêmes. La pupille fixe et dilatée des toxicos. Les drogues ne sont pas seulement chimiques. Des foules entières se shootent aux textes saints et en retirent des certitudes tranchantes comme des lames de couteau, ou des exaltations brûlantes comme des bûchers. Le peintre Célestin Jaber, par ailleurs très mauvais paysagiste, avait parfaitement saisi cette physionomie terrible, et c'est en la contemplant que j'avais fait la connaissance de son fils Émile, déjà porté sur le langage à double ou triple sens, dans le style de Louis Jouvet…

En tremblant intérieurement, j'ai pris le tableau et l'ai retourné, face contre le mur. J'ai demandé à l'employé municipal de le sortir de son cadre, en le dégageant de la plaque de bois qui servait de contrefort. Le maire et mon cousin me regardaient, l'un au bord de la panique, ne comprenant plus rien mais pressentant une catastrophe, et l'autre interrogatif, à cheval entre l'inquiétude intense et une certaine admiration.

L'employé municipal a d'abord dégagé le cadre, bien lourd avec ses moulures dorées, puis enlevé la plaque de bois sur laquelle était posée la toile. Mon cœur battait à mille à l'heure. Si ce que j'avais compris des confidences d'Émile Jaber était le fruit de mes délires, j'étais ridiculisée jusqu'à la fin de mes jours. Si au contraire une feuille de papier jauni apparaissait, collée au dos du tableau, à hauteur du bassin de l'homme d'Église, j'inventais la machine à remonter le temps. Dans une seconde j'allais redonner chair à mon *cold case* ou perdre la partie.

J'ai détourné les yeux au moment fatidique, tellement j'avais peur. Quand j'ai osé les planter à l'endroit que je cherchais j'ai failli pousser un cri. Il y avait bien un papier, un vieux papier, accroché à l'envers du tableau, pile poil ou je l'avais imaginé. Une phrase me revenait en boucle. Je ne l'ai pas prononcée tout haut, moi seule pouvais la comprendre et l'admettre, mais je la hurlais silencieusement. Une insanité de corps de garde, criée comme on le fait au football, à s'en arracher la gorge : « Le curé il l'a dans l'cul, le curé il l'a dans l'cul ! »

Voilà ce qu'avait lâché Célestin Jaber dans son délire de moribond et que son fils, pénétré de belles lettres et de langage châtié, n'avait jamais retenu ni compris, sans doute choqué par le style du propos. Jaber l'ancien s'était payé le luxe de cacher sous les yeux du maire, du député et du notaire de l'époque le document qui les compromettait. Un farceur ce Célestin, sa blague avait trôné pendant des dizaines d'années au fond de la salle des fêtes de la mairie !

J'ai détaché le document, l'ai retourné pour le lire, et j'ai pleuré devant cette écriture penchée. La trace d'un homme qui avait décidé de mourir mais qui ne tremblait pas.

Mon amour, ma Joséphine,

Pardonne-moi, je ne peux plus vivre. Je ne veux pas quitter mon village, ce serait donner raison à ceux que nous combattons, toi et moi. Mais y rester m'est impossible, je le vois bien, et je te vois. Tant que je serai là, tu m'accompagneras. Je ne veux pas que tu tombes avec moi. Tu es jeune, ma Joséphine, Fleurdécieux n'est pas ton village, tu peux refaire ta vie ailleurs, avoir d'autres combats, d'autres compagnons, en aimer un qui te fera penser à moi et qui sait, faire avec lui l'enfant que nous n'avons pas eu. J'ai pris toutes les dispositions. Elles sont déposées chez le notaire. Tu hériteras de la moitié de mes biens. La boulangerie sera pour mon frère Gustave, que j'embrasse ainsi que sa famille. Je te laisse à l'abri. Vends tout et recommence ta vie. La mienne s'achève, sans regrets sauf celui d'être privé de toi, qui l'as illuminée. Je t'embrasse pour toujours, ma Joséphine.

Henri

J'ai tendu la lettre à Jacques. Son grand-père s'était laissé corrompre pour trente sesterces qu'il possédait déjà. Il l'a parcourue d'un trait, livide, fermé comme un poing, et je ne sais pas ce qui dominait chez lui, l'émotion qu'il combattait, ou l'envie de casser la gueule à Brossel, qui lisait par-dessus son épaule et qui se donnait une contenance en haussant les épaules. Jacques n'a rien dit mais Brossel a fini par lâcher une phrase inoubliable :

— Eh bien je vous laisse avec vos histoires de famille. Je ne voudrais pas être indiscret.

Il a tourné les talons puis disparu dans l'escalier. Avec cousin Jacques, nous sommes rentrés à la maison, je le tenais par le bras, la lettre était dans ma poche, il portait le tableau, nous ne disions rien, des gens nous regardaient ; la banalité des jours, mais le fond de l'air avait changé. Entre le temps des hommes et celui de l'Histoire, nous avions remis les montres à l'heure. Nous avions une seule horloge pour le tic-tac de nos vies, et nous la partagions enfin. Sur le seuil de la maison, avant de gagner la boulangerie, il m'a simplement dit :

— Merci, Nadia, merci. Mille fois merci.

— Y'a pas de quoi, cousin… Tu vois bien que la boulangerie était à toi, pas à moi. Je n'ai même pas à te l'offrir…

Avant qu'il ne me laisse, je lui ai révélé la phrase d'Émile Jaber à propos du popotin du curé Durand, et là je crois que nous avons encore pleuré, mais de rire, en répétant comme un slogan l'insanité du vieux Célestin, sur son lit d'agonisant.

— On va sortir Émile de là, a promis mon cousin.

Comme prévu le téléphone a sonné. C'était Edmond, depuis son bureau. Le notaire éructait, pendu au bout du fil. Le maire l'avait appelé, il avait fait des « quoi ? », des « où ? », des « ça va pas ? », des « derrière le tableau ? », des « vous êtes fou ? », des « Jaber, Jaber, je vous dis que c'est Jaber… » et des « putain » à la chaîne. Puis il avait raccroché, composé un autre numéro, demandé le comte à une assistante de l'Assemblée, qui le lui avait passé. Même dialogue, même affolement, mais à rôles renversés. Cette fois, Edmond n'entendait pas la surprise mais la devinait dans les silences du notaire qui se contentait de murmurer, comme un élève en faute : « Oui, monsieur… Bien sûr, monsieur… »

Edmond me décrivait cette panique quand tout à coup le flux de sa voix s'était brisé dans le combiné. Il s'était interrompu, en changeant d'intonation. Il avait adopté le ton posé de l'homme de loi dans l'exercice de son art. Il me donnait du « Madame, c'est entendu, je vous attends, rappelez-moi quand vous voudrez ». J'ai compris et j'ai eu peur. Emporté par l'enthousiasme il n'avait pas entendu le notaire s'approcher. En l'apercevant, il avait sauvé les apparences pendant que l'autre poussait la porte et le fixait depuis l'encadrement, visage inexpressif et blême. Avant qu'Edmond ne raccroche, j'avais distingué la sommation lancée par Grignon : « Deux-en-un, méfiez-vous. »

Une heure plus tard, pendant que je marinais, Edmond m'a rappelée, cette fois de chez lui, la voix plus blanche que jamais.

— Le notaire se doute de quelque chose, Edmond ?

— Non, il ne se doute pas, il sait ce que je sais mais je m'en fiche, je les tiens. Je ne te l'avais pas dit, mais je ne suis pas seul. Mon copain journaliste se passionne pour nos affaires et je l'informe en temps réel… Mais je ne t'appelle pas pour ça, Nadia. Il y a autre chose… Quelque chose de très triste…

Il a marqué un temps d'arrêt.

— Jaber… Émile Jaber… Il est mort. Hier soir… Juste après qu'on l'a quitté. On n'aurait pas dû partir…

Edmond l'avait appris quelques minutes auparavant. Le notaire s'était enfermé dans son bureau, sans plus rien dire. De la pièce d'à côté on entendait ses doigts qui pianotaient sur le bois de sa table. Le plafond avait l'air de peser. Edmond n'osait plus respirer. Au bout d'un quart d'heure peut-être, Brossel avait rappelé. Dès les premiers échanges le ton avait changé. Il y avait du soulagement dans l'air. De l'abattement on passait à l'optimisme. Les « ah bon ? » fusaient au milieu des « ah oui » et des « bien sûr, bien sûr », entrecoupés de petits rires satisfaits.

Edmond, d'abord intrigué, avait compris très vite. Le maire avait reçu un message de l'hôpital de La Roche-sur-Yon, confirmé peu après par la maison de retraite : Jaber avait succombé à un arrêt cardiaque. Grignon n'avait pas retenu son plaisir. On aurait dit qu'il jubilait, et c'est à très haute voix qu'il s'était mis à commenter la bonne nouvelle :

— Brissaud et son Algérienne peuvent se la carrer où je pense, leur lettre et leur histoire d'héritage. Si ça leur fait plaisir ils pourront même la raconter au procureur et le distraire avec leur polar de la loi de 1905. Nous, on peut dormir tranquilles, Brossel, on n'est pas concernés. Je vais annoncer la bonne nouvelle au comte. Il était temps de l'éloigner, ce pauvre Émile. Et au fait, ce lotissement, vous allez le construire ou pas ?

Dans son bureau, Edmond les écoutait, pendu à un téléphone qui faisait bip-bip. Il lançait des « oui, monsieur » à un interlocuteur fictif, des « je m'occupe de votre dossier », des « j'attends vos documents », mais n'en perdait pas une. Aucun doute n'était permis : le très vieil homme avait découvert des choses qui reliaient l'affaire de 1906 aux trafics actuels d'un notaire, d'un maire et d'un parlementaire. Leur soulagement était un aveu, et cet aveu renforçait la volonté du jeune homme. Encouragé par ma découverte, Edmond s'était juré de remonter le fil qui conduirait jusqu'à lui-même et à son père.

Après Brossel, Grignon avait fait le point avec le comte. Une longue conversation feutrée, dont Edmond ne perçut que des bribes chuchotées, mais dans laquelle il entendit son nom, prononcé plusieurs fois. Quand Grignon avait raccroché, il était revenu vers Edmond, avec un air mielleux :

— Ça va, gamin ? Je sais que tu m'écoutais… Tu as entendu ou je t'explique ? Ce pauvre Jaber est mort. Des amis m'ont appris que tu l'avais cherché partout, à La Roche-sur-Yon, avec la belle petite Nadia. C'est bien de s'occuper des personnes âgées et des jeunes filles en même temps. Quand tu te marieras tu feras le bonheur d'une femme et de ses vieux parents. Je viens de parler à ton tuteur, le comte, et on a réfléchi à ton avenir.

— C'est gentil de votre part, mais je vais peut-être m'en occuper moi-même de mon avenir, n'est-ce pas ? Je ne voudrais pas vous déranger…

— Justement, justement… On avait des projets ensemble, tu te souviens ? Tu devais épouser ma fille, je crois. Eh bien, je vais être clair : tu as peut-être changé d'avis et c'est ton droit. On n'est plus au XIXe siècle, les mariages arrangés c'est fini. Tu feras comme tu voudras. Je te regretterais, bien sûr, mais personne ne te retient.

Plus il parlait et plus sa voix se durcissait. La menace affleurait derrière chaque mot :

— J'ai d'ailleurs une bonne nouvelle pour toi, Edmond : monsieur le comte est d'accord. Il juge que le temps est venu de clôturer ton dossier d'héritage. Dès que tu le voudras, tu pourras récupérer tes terres, ton argent et partir. Qu'en dis-tu, cher Edmond ? Ça te convient ?

Visiblement, le comte avait fait la part du feu. Entre le coût d'un héritage et les dégâts potentiels d'une bombe à fragmentation il avait fait son choix. Ma persévérance à mettre au jour les *arrangements* voulus par son grand-père l'avait exaspéré. La liaison qu'il m'attribuait avec son filleul avait achevé de le convaincre. Il fallait couper le cordon qui reliait 1906 à l'an 2000. Jaber enterré, moi-même renvoyée en Algérie, il fallait éloigner Edmond, d'autant plus vite que les municipales de 2001 se profilaient et que le boulanger Brissaud, comme d'habitude, se mettrait sur leur chemin.

Le notaire attendait la réponse d'Edmond. Elle vint doucher son enthousiasme :

— Je n'épouserai pas votre fille, monsieur, vous l'aviez deviné et j'en suis désolé. Pour le reste, je vous remercie infiniment, mais je ne veux pas me précipiter. Je suis heureux dans votre étude et dans ce village. Les dossiers sont passionnants. Certains me tiennent particulièrement à cœur. Je partirai quand je les aurai réglés. Pas avant.

Le notaire avait tourné les talons et rappelé le comte…

16

Désormais les dés étaient jetés, et moi j'étais renvoyée à mon destin et à ma solitude : je devais faire mes valises. Nous avions la preuve de l'escroquerie originelle des notables de 1906, nous étions sûrs que leurs lointains descendants s'activaient dans leur sillage, et eux-mêmes redoutaient mon cousin tout en se méfiant d'Edmond. Autant dire que la guerre était déclarée. J'ignorais ce jour-là qu'elle s'embraserait l'année suivante, en pleine campagne municipale.

Pour l'heure je préparais mon départ. La découverte du message de mon aïeul avait accéléré les événements, mais je ne voulais pas enterrer son histoire une deuxième fois, dans leur vacarme. Je voulais rendre sa parole à mon aïeul martyrisé, penser à lui, penser à elle. La lettre à Joséphine, cachée pendant quatre-vingt-treize ans dans le dos du curé qui les avait maudits, je l'ai photocopiée en trois exemplaires, puis j'ai demandé au maire de la certifier conforme – un pur instant de bonheur. J'ai conservé l'original pour l'emporter à Alger et remis une copie à Jacques et une à Edmond. Quant au troisième exemplaire, je l'ai fait encadrer sous un verre bien étanche et l'ai confié à ma cousine Élisabeth.

Depuis mon arrivée, autant qu'elle le pouvait, Élisabeth me consolait. Elle m'avait peu parlé mais beaucoup écouté. Elle découvrait l'histoire de son mari en même temps que j'apprenais la mienne, mais sa bonté m'avait sauvé du désespoir. Un regard, un sourire, un mot, une main légère sur mon visage les jours de découragement, et l'absence de ma mère devenait moins écrasante. C'est à elle que je voulais confier ma revanche. Une vengeance enfantine pour faire honte aux religieux qui parlent d'amour en transpirant la haine. Réunir Henri et Joséphine au-delà du temps, de l'espace et de la mer.

— Élisabeth, je te donne ce petit cadre, avec la lettre à Joséphine. Je t'appellerai d'Alger. Je t'expliquerai. J'aimerais qu'on fasse le même geste, en même temps, dans un même lieu, toi ici, moi là-bas. Tu promets de m'écouter ?

Elle m'a serrée dans ses bras.

— Bien sûr que je te promets. Tu vas me manquer, Nadia. J'espère que tu seras heureuse.

Heureuse, je ne l'étais pas et je l'étais en même temps. Partir n'était pas facile au moment même où je dénouais le sac d'embrouilles de mes racines. La journée du jeudi fut celle des au revoir et des impatiences. J'allais en finir avec l'exil, mais je me sentais mélancolique, comme si je quittais ma terre natale. J'avais peur de retrouver l'autre rive de moi-même et de la Méditerranée. La veille au soir, nous nous étions longtemps parlé avec Hakim et j'avais bien senti qu'il éprouvait la même appréhension et le même désir. Désir de nous revoir après cette longue séparation, s'embrasser jusqu'au matin, laisser sa peau redécouvrir la mienne, mais inquiétude en même temps, redouter la tiédeur, ne plus savoir se deviner. Et si le rêve des retrouvailles était une illusion nourrie chacun pour soi, qui s'envolait comme une bulle de savon ? J'en étais là, le lendemain, vendredi des départs et des retours, cœur serré à l'arrière de la voiture. J'ai jeté un dernier regard au village qui m'avait sauvée et qui me rejetait. Jacques était au volant, Edmond assis à ses côtés.

J'avais voulu qu'ils se rencontrent. Il fallait que mon cousin entende les confidences qu'Edmond m'avait lâchées lors de notre soirée à La Roche-sur-Yon. Je les avais gardées pour moi, comme il me l'avait demandé, mais désormais les choses avaient changé. Entre la lettre au dos du tableau et les hypothèses d'Edmond sur l'héritage de son père, les doutes étaient devenus des certitudes. À l'approche des élections municipales, il fallait que Jacques ait connaissance d'une affaire à tiroirs qui pourrait surgir pendant la campagne et dont, peut-être, il pourrait se servir.

Je l'avais prévenu ; il m'avait rabroué, les poings serrés, en jurant que jamais il ne lancerait de boules puantes dans son combat politique. L'histoire du boulanger Henri Brissaud, il la citerait, mais pas pour accuser les descendants d'une forfaiture que leur grand-père avait commise. Il s'en tiendrait à dénoncer l'hypocrisie d'un courant politique, toujours vigoureux en Vendée, qui ne jurait plus que par la loi de 1905, mais l'avait férocement combattue au moment de son adoption. Et comme j'avais insisté pour qu'Edmond nous accompagne, il s'était moqué de moi :

— Comme tu voudras, cousine… Ton petit cœur a des raisons que je n'ai pas à connaître.

Donc Edmond était avec nous, à l'avant de la Twingo. Il nous a raconté son histoire et celle de ses parents, leur mort au bout du rêve de tour du monde, l'héritage, la tutelle du comte, la jeunesse au château, les doutes, les certitudes nouvelles, mais il me tournait le dos, je l'entendais mal et la route n'en finissait pas, des virages du haut bocage aux plaines monotones qui mènent à Nantes et son célèbre aéroport. Je connaissais ce récit par cœur et les relances de cousin Jacques ne me tiraient pas d'une somnolence cafardeuse. Plus j'approchais de la séparation et plus j'avais peur des retrouvailles. J'ai pourtant sursauté dans les derniers kilomètres, quand il s'est tourné vers moi en plantant ses beaux yeux dans les miens :

— Il y a autre chose, Nadia, que je ne t'avais pas dite… À propos d'Émile Jaber. C'était un drôle de type, cet Émile, un séducteur, mais un manipulateur aussi…

Je me suis redressée. Il a continué. Depuis quatre ans le vieux Jaber, tourmenté par l'angoisse de l'expropriation, se méfiait du maire et du député. Il surveillait compulsivement chacun de leurs faits et gestes. Il avait ainsi noté, après l'élection de 1989, la création par le comte d'une fondation pour la conservation du patrimoine local, et avait constaté son succès.

Soudain, comme s'ils s'étaient passé le mot, les décédés s'étaient mis à léguer une proportion de leurs biens à cette nouvelle structure sans que l'on sache exactement quel usage en était fait. Obsédé par le faux en écriture de son père, Jaber avait fait le rapprochement, en se disant que, peut-être, Charles le petit-fils suivait les traces de Gaétan son grand-père pour détrousser les morts. Il s'était renseigné sur les noms des donateurs, en avait établi une liste, l'avait mise à jour au fur et à mesure des enterrements, sans savoir ce qu'il en ferait, des fois que…

Mon arrivée avait changé la donne, parce qu'elle avait ravivé la mémoire du « boulanger du Diable » et parce qu'il avait remarqué le manège d'Edmond autour de moi. D'autant qu'Edmond était le personnage involontaire d'une affaire qui avait fait jaser le pays, au point d'être encore affublé du surnom de « Deux-en-un »... Si nous étions amants, comme il le croyait, c'est bien que nous étions alliés. Émile Jaber, avec sa petite bosse, son petit costume, son œil brillant, sa grammaire alambiquée et sa façon de dire une chose en ayant l'air d'en sous-entendre une autre, avait donc pris contact avec lui. Il lui avait communiqué la liste des bienfaiteurs de la nouvelle fondation. Puisqu'il était clerc de notaire, il pourrait vérifier... Edmond n'avait rien constaté d'anormal ou d'inhabituel, sauf les factures du graphologue expert auprès du tribunal de La Roche-sur-Yon, pour certains des nouveaux dossiers...

Dans sa manière de se servir des uns pour se protéger des autres, Émile Jaber avait pourtant commis une erreur. Il y a quelques semaines, des rumeurs confirmées par la presse avaient réveillé sa hantise de l'expulsion, en annonçant la relance du projet de lotissement. Il avait rendu visite au maire et dégoupillé sa grenade potentielle : la liste des donateurs de la fondation pour la conservation du patrimoine local...

— Vous m'aviez promis un viager, monsieur le maire, l'auriez-vous oublié ? Si c'était le cas, avec tout le respect que je vous dois, je dégainerais illico la liste que voici et que j'ai l'extrême honneur de porter à votre connaissance. Il se peut qu'elle fasse parler et que certains y mettent leur nez.

La réponse n'avait pas tardé. Quelques jours plus tard, Jaber avait reçu la visite d'un médecin gérontologue dont le rapport avait conclu à un dérèglement mental et recommandé son placement dans une institution spécialisée.

Nous nous sommes garés sur le parking de l'aéroport et chacun de mes accompagnateurs a galamment saisi l'une de mes valises comme si je ne pouvais pas les tirer moi-même. Étrange moment où l'on ruminait ses pensées en marchant vers l'aérogare. Moi je me repassais le film des dernières semaines, désormais complété par le récit d'Edmond, que je regardais avec un pincement au cœur, en pensant à Hakim qui m'accueillerait à la descente de l'avion. Edmond me guettait en faisant semblant de regarder la tour de contrôle. Et cousin Jacques marmonnait, l'air en colère. En pénétrant dans le hall des départs il a comme explosé :

— Écoutez-moi bien, tous les deux. Je vous remercie de vos recherches. Toi, Nadia, tu m'as remis d'équerre avec l'histoire de ma famille et je ne l'oublierai pas. Et toi, Edmond, tu m'as intéressé avec le drame de tes parents et les combines d'Émile Jaber. Mais bon. L'année prochaine, moi, je serai candidat à la mairie, et vous, vous avez envie de régler vos comptes, l'un comme l'autre, Nadia pour son expulsion, et toi, Edmond, car tu penses que le comte t'a roulé dans la farine. Alors écoutez-moi bien : cette candidature, c'est la mienne, pas la vôtre, elle a peu de chances d'aboutir parce que ce pays est ce qu'il est, mais je ne vais pas me mettre, dans mon village, à pourrir la campagne avec des rumeurs ou des suppositions. Je suis l'héritier du « Grand Frère » et du « Petit Frère », pas du Parrain de Marlon Brando. Je sais bien que mes adversaires n'auront aucun scrupule, mais le boulanger de Fleurdécieux ne mangera pas de ce pain-là.

Une minute de plus et c'était Jean Jaurès. J'ai sauté sur l'occasion pour détendre l'atmosphère.

— Dis donc, cousin, tu l'avais préparée celle-là ?

Il a haussé les épaules, hermétique à ma gouaille :

— Donc vous m'avez compris ? On passe au comptoir d'enregistrement, on pose les valises sur le tapis roulant, on va boire un verre, on pleure ensemble et on se dit « à bientôt » en parlant d'autre chose.

Edmond l'a interrompu, vexé :

— Il n'y aura ni rumeurs ni suppositions, monsieur Brissaud. Et mes affaires sont les miennes. Seulement soyez prévenu, il se peut qu'elles croisent les vôtres. Je vous préviendrai.

Le ton montait. Mon cousin l'a contemplé sans indulgence et s'est tourné vers moi, plus caressant.

— Tu m'as bien compris, Nadia ? Entre nous c'est « à bientôt » et pas « adieu », car je veux que tu reviennes.

J'étais gênée. Consternée par cette tension, au moment même où j'allais les quitter, l'un et l'autre. Nous sommes allés dans un bar, j'ai commandé un café, eux un chocolat, et j'ai continué :

— Ne rêve pas, cousin Jacques. J'aimerais bien revenir, mais ce ne sera pas possible. J'ai été expulsée. Il n'y a pas de policier pour me mettre dans l'avion, mais c'est du pareil au même. Comment veux-tu que je passe la douane ? Je suis fichée et je n'ai pas de passeur.

Il a remué la tête, mais en souriant cette fois, d'un air de dire : « Tu n'y es pas... »

— J'ai pensé à autre chose, Nadia. Premièrement, tu es originaire de Vendée, même si tu es algérienne à temps complet... Deuxièmement, tu peux prouver que ton arrière-grand-mère n'a pas quitté la France de son plein gré mais à cause d'un faux en écriture. Pourquoi ne demanderais-tu pas la nationalité française ? Tu y as droit. C'est ton sang. Algérienne et française... binationale ! Tu serais comme des millions de gens en France...

Cette pensée m'a poursuivie pendant que nous avancions vers les portiques de sécurité.

Arrivés au contrôle, nous avons dû nous séparer. Le moment redouté des dernières embrassades. À Jacques, j'ai soufflé que son idée me consolait. À Edmond, j'ai souhaité bonne chance et lui ai murmuré à l'oreille que je ne regrettais rien. Il a hoché la tête et répondu, dans mon cou, que lui regrettait bien des choses. C'était à peine un souffle, mais il m'a fait douter de moi et j'ai eu la chair de poule. Je les ai salués de la main, derrière des larmes agaçantes, et me suis engouffrée dans le couloir sans me retourner.

Mon avion a décollé vers Marseille, où m'attendait l'Airbus pour Alger.

17

J'ai retrouvé Hakim, vêtu comme un Italien dans le bazar de l'aérogare, et je ne sais pas, pour être honnête, si le plaisir que j'éprouvais naissait du foutoir ambiant ou de la présence de mon amour. Ce dont je me souviens, c'est que d'une seconde à l'autre je me suis sentie ressuscitée. Insufflée. Oxygénée. Réanimée. Et dans cette renaissance-là, Hakim était un compagnon, pas le génie d'Aladin. Ce qui se réveillait en moi et me réveillait à moi-même c'était le pays, oui, le pays qui me courait sous la peau. Pas le pays des géographes, des publicitaires, des agences de tourisme, qui se décline en images, en paysages, en monuments, en visages, mais un vacarme, le pays dont vous êtes le tambour, celui qui vous habite autant que vous l'habitez. Avec son pays natal on est comme un bébé dans le ventre de sa mère, on entend les battements de son cœur et on reconnaît sa caresse avant de savoir si elle est blonde ou brune, belle ou moche, grande ou petite. Et le cœur de l'Algérie je l'ai senti battre à l'instant même où j'ai franchi le sas des arrivées. Ces gens qui parlaient fort, qui s'interpellaient, qui gesticulaient, qui roulaient des mécaniques, qui s'appelaient, se reniflaient, s'étreignaient, et cette langue par-dessus tout, cet arabe que je n'avais plus parlé depuis un an ou presque, c'était mon désordre à moi, ou plutôt mon ordre intime, et c'est par lui que j'ai plongé les yeux fermés dans mon retour à la maison.

Depuis un an que ma vie rangée, presque dissimulée, s'était glissée dans l'ordonnance de ma Vendée-refuge, comme un dossier dans un classeur, j'avais oublié à quel point j'avais besoin du désordre. Non pas du fatras, non pas du chaos, non pas de cette absence de retenue que l'on impute aux gens du Sud, mais d'une manière de recevoir la vie sans filtre, en vrac, à l'état brut, sinon brutal. Et je n'avais pas fait un pas, en tenant Hakim par la main, bien fort, avec la petite jupe qui me valait les yeux salaces des amateurs de voile, que la lumière m'a prise. Elle aussi je l'avais oubliée dans mon exil atlantique, et elle s'est rallumée quand nous avons quitté, intimidés, les bâtiments de l'aérogare. Je l'ai vue tomber du ciel bleu roi, faire briller les voitures, même sales, les routes, même poussiéreuses, les palmiers, même assoiffés, puis la mer qui moutonnait au loin, à l'approche encombrée d'Alger.

Je ne vais pas réinventer la parabole du paradis perdu, je ne plongeais pas seulement dans le pays de mon enfance: plus nous traversions Alger, ses rues sales, ses barbus prétentieux, ses femmes au voile de plus en plus noir, et plus l'angoisse de mon départ me remontait par vagues. Le supplice de ma mère me persécutait, la terreur me revenait en même temps que le bain d'innocence dans lequel j'avais grandi et dont, je le savais, je ne pourrais plus me passer. Nous avons emprunté le boulevard de la Victoire, bifurqué sur celui des Tagarins et sommes montés vers El Biar, où la vue surplombe à la fois la ville et la Méditerranée.

Hakim me parlait peu, mais me regardait beaucoup, en coin, avant de revenir à sa conduite. Il était beau lui aussi, moins joli qu'Edmond « Deux-en-un », mais sans doute plus, comment dire, plus attirant. Il avait l'air inquiet et impatient à la fois, une tête d'enfant qui prépare la fête des mères. Il m'a dit simplement et plusieurs fois, comme si ça l'étonnait lui-même, qu'il était content de me voir.

À l'approche de la boulangerie, j'ai été prise de panique. Dans quel état allais-je trouver ce local fermé à la hâte, à peine lavé, à peine rangé, mutilé par la mort de celle qui lui donnait une âme. Il a posé sa main sur la mienne, elle était brûlante, et il m'a dit de ne pas m'en faire. En arrivant sur le parking, un attroupement s'est mis à s'agiter, hommes, femmes, adolescents, à m'adresser des signes de la main. Ils m'attendaient depuis longtemps peut-être. Quand je suis descendue de la voiture, ils se sont mis à crier, à siffler, à youyouter, à m'acclamer, à crier mon nom, « Nadia, Nadia, Nadia ! », puis l'un d'eux, derrière le groupe, s'est mis à taper sur un tonneau et c'est parti, ils se sont mis à chanter un raï de Cheb Yazid, célébrissime à l'époque, qui faisait dresser les stades quand les foules le reprenaient en chœur : « *Sabri, Sabri, Sabri, la tabki ma tsoufri* », ce qui veut dire à peu près : « Sabri, Sabri, Sabri, ne pleure pas sur le passé », mais je pleurais à chaudes larmes, pas sur le passé, non, sur maintenant, sur ce cadeau de leurs voix rassemblées qui me rentraient dans la poitrine, sur ces amis qui tapaient dans leurs mains en me chantant « bienvenue chez toi ».

Ensuite je me suis approchée, escortée par leurs cris, et j'ai découvert la façade de ma boulangerie. Tout avait été rénové, par leurs soins. Depuis huit jours ils préparaient mon arrivée. Tout était neuf et sentait la peinture. Le nom de la boulangerie claquait sur la devanture, Le Fournil de Joséphine, il s'étalait en lettres vertes, et quand je suis entrée, il y avait du pain frais sur les présentoirs, le four était allumé, le magasin sentait la brioche. Hakim avait recruté les deux boulangers qui travaillaient avec ma mère avant la tragédie. Bienvenue chez toi, Nadia, il n'y avait plus qu'à vivre, je ne savais pas si je devais crier « merci » ou me cacher la tête dans les mains et pleurer jusqu'à la saison sèche. Je me suis simplement glissée derrière le comptoir, debout, sans rien dire, et leur ai distribué le pain, tel Jésus-Christ, pendant qu'ils disposaient des olives et des variantes, tels des disciples, et nous avons trinqué à l'anisette et au vin rouge de Mascara. Allah était des nôtres, il buvait avec nous en levant bien haut son verre, à la vie qu'il nous offrait dans le dos des fanatiques.

La suite fut comme un soir de noces. Nous avons parlé, chanté, mangé jusque très tard, des briks de toutes les sortes, des tajines, des pois chiches, des légumes, des zlabias de Boufarik, des makrouds, « jusqu'à nous casser le ventre » comme on dit là-bas, et nous avons arrosé ça, trop, beaucoup trop, en jouant du tambour sur la table ou en dansant jusqu'à la prière de l'aube. Quand nous sommes rentrés chez nous, c'est-à-dire chez Hakim, lui et moi, enfin seuls, nous avons oublié que le temps nous effrayait comme le vide, ses vertiges et la peur d'y tomber. Débarrassés de nos habitudes et de nos vêtements, nous avons laissé dans les vapeurs d'alcool et d'amitié l'angoisse du mode d'emploi, ne plus savoir comment s'y prendre, ni comment s'effleurer, ni comment se garder, s'embrasser comme on lève l'ancre. Lui et moi, nous l'avons vérifié, et, pardon de revenir sur terre, ce fut comme le vélo, quelque chose que l'on n'oublie pas. D'ailleurs, même « oublier » n'avait plus aucun sens, puisque le temps s'était évaporé, plus de passé, plus d'avenir, plus de matin ni de soir, nous étions là dans la fraîcheur de décembre, un point c'est tout, rien qu'ici, et nous nous sommes réinventés.

Ce samedi-là, nous nous sommes réveillés vers midi. J'ai montré à Hakim l'original de la lettre écrite à Joséphine par Henri Brissaud avant de mourir, sur son vieux papier fané, avec ses majuscules, ses pleins, ses déliés, ce trait net et décidé que l'imminence de la mort n'avait pas fait trembler. Il l'a tournée dans tous les sens, a lu les mots, caressé le dos de la feuille du bout des doigts, en murmurant : « C'est incroyable… Elle ne l'a jamais reçue… »

Non. Elle était morte sans savoir. Le temps n'est pas seulement élastique, comme dirait Albert Einstein, c'est aussi un trou noir dans lequel ils étaient tombés, elle et lui, lui par la mort, elle par la fuite. Elle s'était exilée en Algérie, s'y était établie, avait vécu intensément, lutté dans la fidélité à leurs combats, mais sans avoir la certitude qu'il ne l'avait pas trahie. La dernière nuit, devenue vieille, elle avait fermé les yeux sans savoir qu'il s'était laissé mourir pour elle : il était pris au piège et n'avait pas voulu qu'elle y tombe avec lui. Puisque le curé et ses complices l'avaient rayé de la vie, il finirait le travail en se pendant aux branches d'un arbre, s'effacerait pour de bon, disparaîtrait corps et bien, mais en la libérant de leurs griffes. Avec l'argent qu'il lui léguerait elle s'établirait ailleurs, elle avait le temps, elle était jeune, la vie devant elle, il l'avait écrit noir sur blanc et fait enregistrer ses volontés par le notaire. Comment savoir qu'ils seraient insatiables ? Que non contents de l'avoir désespéré ils voleraient aussi sa mémoire. Ils avaient défiguré son testament. Dérobé son adieu. Enterré son dernier message. En y repensant dans mon pays, et en le soufflant à l'oreille de l'homme que j'étais sûre d'aimer, une rage furieuse m'avait comme aspirée.

J'ai placé le document dans le cadre étanche que j'avais emporté dans ma valise, le même que j'avais remis à ma cousine Élisabeth, avant de partir. Il était temps de venger Joséphine. Qu'elle apprenne la vérité. J'ai demandé à Hakim de m'accompagner au cimetière d'El-Kettar, sur la tombe où elle repose aux côtés de ma grand-mère et de ma mère. Je voulais qu'il soit là, l'homme de ma vie. Une manière, en quelque sorte, de le présenter à la famille. À la vraie. À la seule. À celle dont les racines vendéennes ont couru sous la terre de France et sous la Méditerranée, jusqu'à Alger, fidèles à ce qu'elles sont, quoi qu'il en coûte, jusqu'à cette dalle de marbre, ou plutôt jusqu'à ces dalles.

Car le tombeau d'El-Kettar rejoignait désormais celui de Fleurdécieux. L'émetteur et le récepteur avaient retrouvé la longueur d'onde. Nous sommes descendus en bus, jusqu'au carrefour du boulevard de la Victoire, juste en face de la Casbah, puis nous avons marché vers le cimetière et avons retrouvé le caveau où l'année dernière, dans la panique, nous avions déposé ma mère. J'ai appelé Élisabeth, comme prévu. En pensant à Joséphine, à Henriette sa fille et à Yasmine ma mère, qui gisaient sous nos pieds. J'ai composé le numéro, dans une émotion sans nom. Ma cousine a décroché presque aussitôt, comme si elle m'attendait.

— Tu vas bien, Nadia ? Ton arrivée s'est bien passée ?

— Oui, Élisabeth, tu ne peux pas imaginer… Mais je suis au cimetière, sur la tombe de ma mère, de ma grand-mère et de Joséphine. S'il te plaît, Élisabeth, prends la lettre d'Henri avec son cadre et cours au cimetière, sur sa tombe. Je te rappelle dans un quart d'heure.

— J'y vais.

Je l'ai rappelée, elle y était. Elle avait tout compris et répondu qu'elle était prête. Nous allions, l'une et l'autre, dans un même geste, au même moment, déposer notre gerbe sur la tombe de nos soldats oubliés. Pose la lettre, Élisabeth, pose-la maintenant, pendant que je fais de même ici, et toutes les deux redressons-nous, puis prions pendant la minute de silence, toi en catholique et moi en musulmane. Nous l'avons fait, l'une en français l'autre en arabe, l'une en Vendée et l'autre en Algérie, pour qu'Henri et Joséphine ne soient plus séparés.

Puis j'ai dit à ma cousine que désormais le temps allait s'accélérer. Pendant cent ans ou presque, il avait pris son temps, le temps. Chaque seconde avait éloigné les amants, jusqu'à les rendre incompatibles, étrangers à leur histoire, et si leur légende courait encore dans leur village de Vendée, elle s'éteignait sans faire de bruit. Eh bien c'était fini. Ce sommeil avait trop duré. Nous allions raviver la flamme. Les assassins d'Henri avaient cru remplir sa bouche avec la terre du fossoyeur, nous allions ressusciter sa voix et elle fracasserait les murs ! Le message à Joséphine serait répété de proche en proche. Dès ce samedi, et dimanche encore plus, après la messe, les gens de Fleurdécieux rendraient visite à leurs morts. En marchant dans les allées ils apercevraient le petit cadre insolite posé sur la tombe du « Grand Frère », ils le liraient une fois, deux fois, s'interrogeraient puis comprendraient. Avant deux semaines, tout le village en parlerait.

18

L'année suivante le temps s'est accéléré, comme prévu, mais façon 39-40. D'abord une drôle de guerre occupée à lambiner, à éviter l'affrontement pour mieux le provoquer, à attendre l'offensive derrière sa barricade, les uns qui s'arment et les autres qui s'enterrent. Le maire sortant, le comte et le notaire essayaient de circonscrire le feu en lui concédant sa part, cousin Jacques organisait sa campagne en refusant obstinément d'exploiter les « scandales du passé », et moi je retrouvais mes marques à la sortie d'Alger, sans autre voile qu'un ruban blanc sur mes cheveux de boulangère. J'envisageais de me marier mais déposais en même temps ma demande de nationalité française. Quant à Edmond, il travaillait dans l'ombre, méthodiquement, à la bombe qui éclaterait au mois de janvier de l'année 2001, en chamboulant nos existences.

La lettre à Joséphine, déposée sur le tombeau d'Henri, avait fait son effet. Au bout d'une semaine ou deux, tout le village était au courant, même le canton, et le gardien du cimetière avait constaté des records d'affluence sur la travée de l'ancien boulanger. Chacun voulait lire les mots qu'un homme du début du XXe siècle avait écrits à sa compagne et que d'autres avaient escamotés. La parole est taiseuse à Fleurdécieux, mais la mémoire est longue, ainsi cette résurrection ravivait-elle des souvenirs diffus, en leur conférant le halo des légendes. On s'en parlait dans les familles, dans les cafés, dans les commerces, on se racontait les détails de l'intrigue, la mort des soldats, la grange prêtée par Henri à l'armée de la République, le sermon du curé, l'excommunication, la manifestation, le suicide, les obsèques, le rôle de l'artiste peintre, on inventait des rebondissements en regardant vers le château, l'église, la mairie…

Les acteurs du drame avaient disparu depuis longtemps, mais dans ces terres monarchistes les figures se perpétuent derrière les masques. Le roi est mort, vive le roi ! Les faits commis à cette époque étaient hors de portée de la justice des hommes, mais leur ombre obscurcissait le destin de leurs descendants. Quelque part, le comte de l'an 2000 affrontait la même épreuve que son parent de l'an 1906 : un sentiment collectif de culpabilité provoqué par le même revenant, Henri Brissaud, rejeté par la porte, comme un damné, mais rentré par la fenêtre, comme un remords. À l'époque, Gaétan Mesnard de Curzon avait évacué l'émotion publique en chassant Joséphine, cent ans plus tard la même femme revenait comme une araignée dans la toile du petit-fils.

Le vent de panique avait soufflé un peu plus fort à l'approche de l'été 2000, quand la presse s'en était mêlée. À force d'être rapportée comme une histoire à l'ancienne, c'est-à-dire par la voix de conteurs improvisés, voire l'imagination de commérages au coin du feu, la saga des amants maudits avait fini par arriver jusqu'à l'oreille d'un journaliste un peu plus curieux que les autres. Comme par hasard c'était l'ami d'Edmond. Le correspondant local aurait pu le devancer en révélant l'affaire, mais il l'avait gardée pour lui, sans doute à la demande du maire. Si bien que l'arrivée du reporter venu de Nantes avait fait l'effet d'un sacrilège : pour une fois le village était contraint de déroger à sa règle, le linge sale ne serait pas lavé en famille, mais en public. La région serait prise à témoin et si l'histoire plaisait, elle ferait le tour de France.

Le journaliste avait annoncé sa venue avec un photographe, « afin de vérifier les faits », et demandé un rendez-vous à Jacques, au maire, au comte, au curé et même au notaire, puisque son lointain prédécesseur semblait avoir détruit des documents compromettants. Il m'avait aussi appelée afin que je confirme la découverte du testament d'Henri derrière le portrait du curé, ce que j'avais accepté volontiers. Juridiquement, l'affaire était éteinte depuis des lustres et des lustres, mais les personnages tournoyaient dans les têtes : Henri et Joséphine, les amants excommuniés, le père Durand, inflexible adversaire de la loi de 1905, la dynastie des Brissaud, la succession des comtes, la filiation des maires de droite, l'artiste peintre et son fils…

L'article était sorti en juin, dans les pages régionales puis nationales du quotidien *Ouest-France*. Il avait fait un certain bruit, sans toutefois chambouler les équilibres politiques à l'approche des municipales. Le public n'aime pas se déjuger, encore moins quand par culture et par tempérament il a l'esprit conservateur. Le reportage avait un peu troublé, mais d'abord été reçu comme un travail d'archéologue qui témoignait de la rigueur des temps anciens, dans une période de tension politique. Il faut dire que le comte avait été habile. Il avait pris conseil auprès d'experts en communication et déminé le terrain en recevant courtoisement le reporter, d'abord au village puis au restaurant de l'Assemblée nationale. Sa défense était si claire que le maire l'avait reprise en écho : selon leurs dires, ils découvraient cette affaire, ils en étaient peinés et promettaient de rendre hommage à la famille Brissaud, au-delà des divergences politiques. Une attitude républicaine appréciée des concitoyens, mais doublée d'une menace voilée de la part du comte :

— Vous savez, si nous allions fouiller dans le passé lointain de chacun d'entre nous, et notamment dans celui des gens qui seraient tentés d'utiliser cette malheureuse affaire contre notre idéal, nous ne serions pas les seuls à être embarrassés.

Comme s'il avait entendu le message, cousin Jacques avait refusé d'en tirer la moindre conclusion publique. Il rassemblait ses amis, composait sa liste en vue des élections, mais refusait toujours d'exploiter ma découverte. Ses colistiers l'interrogeaient, il se murait dans un silence farouche, au bord de la colère, en invoquant la morale et le refus de diviser le village avec de vieilles histoires. Je me suis longtemps demandé la raison de sa discrétion, c'est lui qui m'a fourni la réponse, beaucoup plus tard : charger la barque du comte de l'an 2000 en évoquant le forfait de son aïeul de 1905 aurait braqué les projecteurs sur l'attitude de son grand-oncle Gustave Brissaud, au lendemain des événements. Oui, Gaétan Mesnard de Curzon avait profané la mémoire d'Henri Brissaud en déchirant ses dernières volontés, mais Gustave avait marché dans sa combine. Quand on fait la morale à son voisin, mieux vaut avoir les mains propres. De ce point de vue, cousin Jacques, qui traîna jusqu'au bout de sa vie la douleur de cette fracture, s'est toujours montré d'une rigueur impitoyable, non par crainte du qu'en-dira-t-on ou des retombées politiques, mais par simple probité. Il s'était donc abstenu de tout commentaire en répondant aux questions du journaliste et s'en était tenu à confirmer les faits, sans allusion à la campagne électorale qui s'ouvrirait à la rentrée.

Son adversaire traditionnel, le très terne Alphonse Brossel, modifia cependant son programme pendant l'été. Choqué par les attentats de 1995 en France, très remonté sur la question du voile musulman à l'école, bien que le village ou le canton n'en ait pas vu un seul, sauf à la télévision, et scandalisé par l'assassinat des moines de Tibhirine, il avait envisagé de célébrer l'anniversaire de la loi de 1905 pour donner corps à son discours d'intérêt local (et « apolitique ») sur « la défense de la laïcité ». La voix du boulanger Henri Brissaud contrariait ce projet en le frappant d'hypocrisie, d'autant plus cruellement qu'elle remontait d'outre-tombe.

Le château avait donc peur, l'hôtel de ville aussi, si bien que le climat changea pour mon cousin. Il devint un objet d'attention, de sourires, de courtoisie, de services amicaux. Le retournement le plus spectaculaire eut lieu pendant l'été et dépassa mes espérances ! À la veille du printemps de l'an 2000, mon existence avait repris son cours presque normal sur les hauteurs d'Alger – la peur des islamistes flottait encore dans la lumière du printemps, mais le plaisir de vivre transpirait au grand jour, incompressible, triomphant, ressurgi des catacombes où les fauteurs de guerre civile et les fanatiques d'Allah avaient cru l'enfermer. Les cafés étaient bondés, les jeunes gens se donnaient rendez-vous chez les uns ou les autres pour des fêtes pleines de musique et de bière, ma boulangerie ne désemplissait pas, et moi j'envisageais d'épouser Hakim malgré mes réticences à propos du mariage. Mais une phrase de cousin Jacques me revenait, juste avant de monter dans l'avion, à l'aéroport de Nantes : mes origines étaient françaises, pourquoi ne pas le redevenir, en restant algérienne ? Pourquoi ne pas assumer mon histoire avec ses deux passeports ? J'ai rassemblé les pièces administratives, écrit une lettre explicative détaillant ma filiation et envoyé le dossier par courrier recommandé à la préfecture de Vendée.

La suite fut carrément cocasse. Le binôme qui avait obtenu mon expulsion s'est mis à militer pour mon retour. Le maire, Alphonse Brossel, toujours employé à l'état civil de la préfecture, a vu passer ma demande de naturalisation. Il en a informé le comte et la machine s'est mise en route. Mesnard de Curzon a cru bon de saisir l'occasion. En se montrant grand seigneur il ferait taire les rumeurs qui associaient mon départ à la découverte de la lettre à Joséphine. Il intervint auprès du préfet et le fit savoir au public dans un communiqué. Ce message officiel fut doublé par une lettre ouverte à l'attention de mon cousin, publiée par la presse locale, dans laquelle le député expliquait que, conformément à sa promesse, il tenait à « rendre un juste hommage à la famille Brissaud, au-delà des divergences politiques et du débat électoral, afin de renforcer l'unité de la circonscription et de la Vendée tout entière ».

En un peu plus d'un an, j'avais donc été accueillie en VIP par un cocktail d'accueil, puis vomie comme un danger public, avant de me voir consacrée en symbole d'unité. De fait, dès le mois de janvier 2001, j'ai été informée que ma seconde patrie, la France, avait pris la décision de faire de moi une citoyenne à part entière. Compte tenu de mon histoire, et après enquête approfondie, j'étais invitée à entrer en contact avec les autorités préfectorales en vue de mon accession à la nationalité française.

Si le maire et le comte s'étaient montrés si magnanimes c'est qu'ils se sentaient fragiles, au-delà de ce que j'imaginais. Ils savaient, et pour cause, que l'étendue de leurs malversations pouvait avoir des conséquences plus graves qu'une élection perdue ou remportée. Ils prenaient les devants. Ils bâtissaient leur « barrage sur le Pacifique » comme dirait Marguerite Duras, pour contenir l'océan qui menaçait. À l'approche de l'automne ils se prenaient même à espérer. Ils approchaient de la catastrophe mais pensaient l'avoir évitée.

Car Edmond travaillait en silence, en transmettant ses découvertes à son ami journaliste, qui enquêtait aussi. Ils avançaient en tandem, patiemment. Jusqu'au début de l'été le jeune clerc de notaire avait eu trois indices entre les mains : le testament laissé par son père, une liste de donateurs ayant légué une part de leurs biens à une fondation présidée par le comte et l'adresse d'un graphologue auprès du tribunal de La Roche-sur-Yon, qui certifiait depuis quelques années l'authenticité des héritages. Que venait faire cet expert dans des dossiers que le notaire pouvait acter lui-même ? À quoi servaient ses analyses et ses factures ?

En juillet, juste avant les vacances, Edmond avait décidé d'en avoir le cœur net. Le testament laissé par son père dormait dans les archives de l'étude, il en fit une copie. Dans un sac de souvenirs laissé par ses parents il retrouva ensuite des lettres écrites par son père. Il disposait ainsi d'une carte-anniversaire écrite à l'occasion de ses dix ans et du testament déposé chez le notaire avant le tour du monde fatal. Avec ces documents, il s'était rendu chez le fameux graphologue expert. Il lui demanda, au nom de Me Grignon, de comparer les écritures. À la fin du mois d'août il avait reçu les conclusions : elles étaient nettes et sans appel. Les courriers personnels et le testament, pourtant signés du même nom, avaient été écrits par deux personnes différentes. Comme en 1906, l'héritage était un faux.

Charles Mesnard de Curzon avait reçu l'information à la même minute qu'Edmond : le graphologue avait en effet livré ses conclusions au clerc en même temps qu'au notaire. Comme d'habitude, Grignon appela le comte.

Edmond fut convoqué au château, en présence de son patron. Mesnard de Curzon était blême, de colère et de panique. Sa pâleur et son débraillé sentaient la débandade. Son bureau séculaire avait l'air d'un vaisseau fantôme, plafond écrasant, portes massives, tapisseries étouffantes, table trop grande et trop chargée…

— J'ai deux choses à te dire, mon petit Edmond. La première c'est que tu nous as trahis. La seconde c'est que tu te trompes…

D'une voix lasse, comme s'il y croyait à peine, il avait dit son chagrin de voir un filleul engager une action contre son protecteur et contre le notaire qui l'avait embauché.

— Mais peu importe, avait-il conclu, si tu es ingrat, moi je te pardonne.

Il était d'autant plus pathétique qu'il s'attaquait maintenant au fond du « malentendu » et qu'il s'enfonçait dans les sables mouvants d'une explication oiseuse, comme un mauvais élève qui ment pour sauver la face. Si le testament avait été « reconstitué », avait-il improvisé, c'est qu'il avait trempé dans l'eau. Il n'avait pas été déposé avant le départ des parents, mais retrouvé dans un caisson du bateau, après le naufrage. Il était à peine lisible et le notaire avait dû le reconstituer. C'était la seule vérité, etc.

— Ah oui, avait approuvé Edmond en s'adressant à Me Grignon : vous avez tellement respecté l'original que vous avez même imité l'écriture et la signature du titulaire.

Le notaire n'avait rien répondu, le comte avait enchaîné, soudain plus autoritaire :

— C'est du passé, Edmond. Il fallait m'en parler au lieu de délirer. Je t'aurais expliqué. Désormais c'est trop tard, la confiance est rompue.

— À qui le dites-vous…

— Je le dis et je le répète. Tu vas partir. Mais je vais te prouver que je suis un homme de parole. Tu ne vas pas seulement récupérer ton héritage, ce que j'ai toujours prévu. Me Grignon va aussi te donner l'équivalent d'un an et demi de salaire. Tu auras le temps de voir venir. Mais je pose une condition : va-t'en. Débarrasse le plancher.

— Comme Joséphine, quoi… Vous vous souvenez, la boulangère du Diable…

— Si tu veux, mais va-t'en… L'avenir est incertain…

— Avec plaisir. Je vais même faire le tour du monde pour venger mes parents. Je ne vous oublierai pas, monsieur le comte, et vous non plus, monsieur le notaire. Et j'aurai une pensée pour monsieur le maire, vous pouvez lui annoncer une bonne nouvelle. Encore deux ou trois mois et je vous envoie une carte postale.

Il avait fait une révérence à l'ancienne, avant de se reprendre :

— Oh ! Où ai-je la tête, monsieur le notaire ? Mon héritage et ma prime de licenciement, vous les signez tout de suite ou on attend demain, en récupérant mes affaires ?

— Demain matin.

Il laissa les deux hommes perdus dans la grande salle comme des enfants frigorifiés.

Il quitta Fleurdécieux, me prévenant par téléphone et disant à cousin Jacques de se tenir prêt. Il fut mal accueilli.

— Edmond, tu es gentil, mais tes magouilles je n'en veux pas. Je ne mélangerai jamais les petits calculs et ma campagne électorale, je te l'ai répété cent fois. Les égouts je les laisse à mes adversaires.

— Tenez-vous prêt quand même… Je vous reverrai dans votre bureau, à mon retour, monsieur le maire…

Il sortit en riant. Cousin Jacques préféra retourner à sa fournée, pour faire semblant de ne pas entendre.

Si Edmond était si sûr de son effet, lui qui manquait tant d'assurance, c'est que son ami journaliste avançait aussi dans son enquête, avec la même méthode : confronter l'original et la copie chez le graphologue officiel. Avec la liste des donateurs de la fondation pour la conservation du patrimoine local dressée par Émile Jaber, il avait contacté, une à une, les familles des décédés. Quelques-unes avaient fermé leur porte, la plupart avaient compris la démarche et confié un manuscrit de leur disparu, lettre à la famille, réclamation au fisc, note de lecture, discours de noces. En novembre, le reporter avait remis ces documents au graphologue expert. L'homme avait fait la grimace, mais s'était exécuté par peur d'être accusé dans la presse, et le piège avait fonctionné. En décembre 2000 le résultat des analyses était tombé, identique au premier : l'écriture des dernières volontés avait été imitée par une seule main, assez grossièrement. Les testaments étaient tous des faux.

L'affaire était énorme. Un trafic systématique organisé par un élu de la République réputé pour ses discours sur la vertu morale et financière. Il fallait vérifier. Le journaliste appela d'abord l'expert en graphologie. Comment avait-il pu certifier conforme chacun des testaments au moment des décès et soutenir maintenant qu'ils n'étaient pas authentiques ? Réponse embarrassée :

— Je n'ai jamais vu les originaux. J'ai fait confiance au notaire. C'était un ami. J'ai voulu être agréable et si j'ai envoyé des factures, ce n'est pas pour l'argent que me rapportaient ces documents, mais pour consolider les actes, à la demande de Me Grignon.

Le notaire, contacté à son tour, avait d'abord coupé la communication, avant de rappeler. En cas de naufrage, les rats quittent le navire :

— Je n'étais informé de rien, mais je trouvais étrange cette épidémie de donateurs pour la fondation de M. le député. J'ai préféré « ouvrir le parapluie ». C'est pour ça que j'ai demandé au graphologue de me fournir des certificats d'authenticité. Au cas où des familles auraient contesté les héritages j'aurais pu m'abriter derrière les certificats de l'expert auprès des tribunaux...

Restait le comte. Il traita d'abord le journaliste de fouille-poubelle, avant de démentir en bloc ses informations. Pour finir il menaça de saisir le directeur général du journal, qui était l'un de ses amis.

Trois jours avant Noël, une carte postale de Martinique, envoyée par Edmond, acheva de désespérer le maire, le notaire et le comte :

Comme promis je vous envoie mon meilleur souvenir. Rendez-vous début janvier.

Deux-en-un.

Le lundi 8 janvier 2001, l'enquête fut publiée à la une du journal *Ouest-France*, sur huit colonnes. Titre : « Exclusif : à Fleurdécieux, une vaste escroquerie à l'héritage. » Sous-titre : « Le député et le maire du village sont soupçonnés de détournements massifs. »

Cette fois, l'article eut un retentissement énorme et fut repris partout. Une nuée de micros, de caméras, d'envoyés spéciaux s'installa dans le village. L'affaire devint l'objet d'une concurrence acharnée entre les quotidiens, les hebdomadaires, les radios, les télévisions. Le parquet décida d'ouvrir une instruction. On apprit assez vite que le maire Alphonse Brossel, candidat à sa réélection, était passé aux aveux : il avait lui-même écrit les faux testaments « à la demande du comte », et le comte avait monté ce trafic parce qu'il avait dilapidé sa fortune au jeu et ne parvenait plus à rembourser ses dettes. Il prélevait depuis plusieurs années un pourcentage sur les gros héritages, assez gros pour être rentable, assez discret pour que les héritiers n'osent pas le contester. Il faisait verser les fonds à sa fondation par l'intermédiaire du notaire et récupérait l'argent grâce à un système de fausses factures pour des travaux de restauration qui ne voyaient jamais le jour.

Le maire fut entendu le 13 janvier, mis en examen et écroué. Le notaire fut interrogé deux jours plus tard mais ne fut pas inquiété. Sans doute collabora-t-il activement avec les enquêteurs. Quant au comte, lâché par tous ceux qu'il croyait tenir, il fut convoqué le 20 janvier, avant même la levée de son immunité parlementaire. Il ne s'y rendit pas. D'après France Info, il était parti à cheval, pour une promenade. Le soir, sa famille avait signalé sa disparition. Dans la nuit le cheval était rentré à l'écurie, sans cavalier. Toute la presse envisageait déjà la fuite, mais le lendemain des promeneurs avaient découvert un cadavre, pendu à une branche d'arbre, dans la campagne, comme le boulanger du Diable. Dans sa poche il y avait un message : « Je demande pardon à Dieu, à ma famille, à tous ceux qui m'ont fait confiance. »

L'Histoire dure plus longtemps que les hommes.

19

Le 11 mars 2001, la liste de mon cousin Jacques Brissaud a été élue à la mairie de Fleurdécieux, dès le premier tour des élections municipales, et lui-même est devenu maire le vendredi suivant. Le lendemain de son intronisation, il a célébré mon mariage avec Hakim, comme un pied de nez à nos tourments et à ceux du village, belle façon d'entamer un mandat. Il m'a confié la gestion de sa boulangerie, ce que nous avons accepté mon mari et moi, mais à une condition : qu'elle porte le nom du magasin d'Alger : Le Fournil de Joséphine. Les allers et retours incessants entre les deux affaires, joints aux voyages professionnels d'Hakim qui poursuivait sa carrière de dessinateur de presse, me convenaient. Était-ce un effet de mon histoire déracinée, je n'avais aucune envie de m'installer à demeure, ici, ailleurs, ou autre part.

Nos affaires ont prospéré. Nous avons ouvert une troisième boulangerie en 2003, à La Roche-sur-Yon, puis une quatrième à Nantes, en 2004, puis une cinquième à Oran, en 2005, et ainsi de suite. À l'heure où j'achève ce récit, en avril 2019, la France et l'Algérie comptent vingt-huit de nos fournils, une moitié au nom de Joséphine et l'autre à celui d'Henri. Fournil de Joséphine, Fournil d'Henri, notre pain quotidien nous a vengés des fanatiques. Ils ont cru nous abattre en 1905 et nous saigner en 1998, les uns au nom de leur clocher, les autres en vertu de leur minaret, mais nous nous sommes multipliés. Deux enfants et une chaîne de boulangeries.

Cousin Jacques et sa femme Élisabeth nous ont accompagnés autant qu'ils le pouvaient dans cet envol commercial, elle à temps plein, lui en fonction de ses obligations de maire, puis de conseiller général, puis de député. En 2014, malade, il a renoncé à ses mandats. Si j'ai plongé dans mon journal de bord des années 1998, 1999 et 2000, et si j'achève de le remettre en forme c'est d'abord en souvenir de son courage, puisqu'il nous a quittés, debout dans sa tête jusqu'à la dernière heure, même si la souffrance l'avait cloué depuis longtemps sur sa chaise, puis dans son lit.

Nous l'avons enterré aux côtés d'Henri, là même où Clemenceau, face à deux mille personnes, avait couvert d'honneur et de silence un boulanger républicain. Il faisait beau, Edmond était venu des Antilles. J'avais des nouvelles de lui, de temps en temps, par Internet. Il avait fait le voyage pour les obsèques de « cousin Jacques », comme il l'appelait aussi, et sa présence me renvoyait à la jeunesse et à ses tentations. L'âge mûr lui allait bien, il était beau avec sa famille créole, ses trois enfants, sa femme Gilberte à ses côtés, d'origine haïtienne. Il vit sa vie au bord de l'eau, comme dans la chanson, en Martinique, à deux pas du Rocher du Diamant. Il réalise le rêve de ses parents, souvent en mer à faire voyager les touristes, et le reste en bateau, avec sa tribu.

J'approche de la cinquantaine et mes colères ne s'apaisent pas. J'espérais qu'avec le temps j'apprivoiserais l'affreuse image de ma mère, les yeux fixes et la gorge ouverte au pied de son comptoir, mais elle me réveille encore la nuit, et dans mes cauchemars elle parle avec Henri, pendu au bout de sa corde. Si les temps s'étaient apaisés, peut-être aurais-je trouvé la sérénité qui me fuit, mais d'Alger à Paris j'entends les mêmes folies, les mêmes passions, les mêmes vociférations. Là-bas les barbus qui n'ont pas pris le pouvoir par les armes mais n'ont renoncé à rien et veulent l'imposer par la charia. Ici, des débats sans fin sur la laïcité, qui se retourne comme un gant.

En France, les mécréants d'antan sont devenus les calotins des temps modernes ! À les entendre, la séparation des Églises et de l'État est un *five o'clock tea*, un dispositif courtois qui permet à chaque religion de s'ébattre dans son coin, selon ses propres volontés, sans que l'État s'en mêle, et tant pis si le malheur du boulanger Henri Brissaud est la preuve du contraire : la loi de 1905 fut une longue et dure bataille, presque une guerre, pour signifier à l'Église catholique et romaine que les lois de la République s'imposent aux commandements du Ciel et aux hommes qui prétendent les incarner. Le voilà, l'héritage de cette histoire ! Et les voilà, les héritiers d'aujourd'hui ! La voilà, la gauche qui bouffait du curé ! Touche pas à leur Prophète ! Elle prend des gants avec les enragés de l'islam ! Elle a peur de les défriser ! D'avoir l'air islamophobe ! Elle a limé ses dents ! Elle est devenue végétarienne quand elle évoque les imams car l'islam serait la religion des pauvres et des persécutés ! Voilà même qu'elle soutient la soutane, pardon le port du voile, au nom de la liberté des femmes !

Quant aux catholiques intransigeants d'hier, descendants des forces qui ont poussé mon aïeul au suicide, ils sont encore plus comiques : ils défilent dans les rues avec un bonnet phrygien sur la tête, derrière le Printemps français ! Encore un peu et le curé qui a maudit le boulanger Brissaud serait un émule de Robespierre ! La patrie est en danger ! Allons enfants ! Halte aux envahisseurs musulmans ! Dehors les Sarrasins ! À nous Charles Martel et Clovis ! Ils sont devenus des révolutionnaires. Des laïcs de chez laïc, des défenseurs acharnés de la loi de 1905 qu'ils ont combattue jadis, de toutes leurs forces. La guerre, la guerre, la guerre de religion, la guerre toujours recommencée…

Mais je m'emporte et j'ai tort. Si j'ai écrit l'histoire de ma mère et celle du boulanger du Diable, emportés l'un et l'autre par la démence religieuse, ce n'est pas pour m'exprimer à leur place, mais pour qu'ils se racontent à vous. Leur histoire n'est pas nouvelle et pas ancienne, mais les deux à la fois. Elle est éternelle. Elle est insatiable. Elle est gloutonne. Méfiez-vous d'elle : elle recommence quand on la croit finie.

Cet ouvrage a été composé
par Soft Office (à Eybens)

Impression réalisée par

PRÉSENCE GRAPHIQUE

en mai 2019
pour le compte des Éditions de l'Archipel,
département éditorial
de la S.A.S. Écriture-Communication

Imprimé en France
N° d'impression : 051963268
Dépôt légal : juin 2019